あとかた

ほむら

もてあましていたような気もするし、単に足りなかっただけかもしれない。

ただ、それが何かと問われれば答えようがなかった。言葉にした途端に、ないかもしれないそれにとらわれてしまう気もした。

だから、けして口にはしなかったけれど、「おめでとう」などと満面の笑みで言われると、どうもその何かはうっすら滲《にじ》んでしまうようだった。

「結婚前は何かと不安になるものだって」

友人たちは皆、口をそろえて言った。不安、なのだろうか。不安ならば知っているはずだ。そもそも、自分ではない人との関係において不安でなかった時などないように思う。

「もう五年も一緒に暮らしてきたんでしょう、大丈夫よ」

そう言われ、あいまいに笑う。過ぎたことならば、たいがい笑って話すことができる。でも、これからのことはどんな顔で話したらいいのか、よくわからない。先のことなどわからないのに、どうして皆、おめでとうとか大丈夫なんて言えるのだろう。

滲みが色を増す気がする。

「まあ、結婚って言っても、かたちだけのことだから何も変わらないよ」

口にして、気付く。

自分は徹也《てつや》の言葉をそのままなぞっているだけだ。そして、自分を含めた誰もが誰かの言葉を借りてつつがなくやりとりしていることに。日々、同じかたちを保つため。

そういうことか、と思った。もう、自分はかたちに添いだしているのか。

ならば、と考えるのをやめた。滲むものもいつかは消えるだろうと思った。

男に出会ったのはそんな頃だった。

男は知人といた。

その知人は「知人」という曖昧《あいまい》なニュアンスがぴったりの人だった。名刺を見返さなくては下の名前が浮かばないくらいの関係。会社の同期の結婚式で知り合い、誘われて数回食事に行ったことはあった。同じような職種で歳《とし》も近かったので話題はつきなかったが、友人というほどには親しくならなかった。所帯持ちのくせに、酔うと冗談半分に口説いてくる癖があったせいだ。けれど、いざ自分が現実的に結婚する身となると、既婚と独身の間にたいした隔たりはないものだったのだと実感した。

「ひさしぶり」

知人はさらりとした調子で声をかけてきた。私は会社近くのバールで一人きりで飲んでいるところだった。その頃は一人になりたい時がよく、あった。

男は知人の後ろに影のように立っていた。見るともなく顔を向けると、軽く会釈《えしやく》をしてきた。背が高く、目のくぼみと鼻が目立つ人だった。私たちよりずいぶん年上に見えた。ラフ過ぎなければ襟のない服で出社しても構わない私たちと違って、きっちりとスーツを着てネクタイをしめていたせいかもしれない。

カウンターで一時間ほど世間話をした。見た目のわりに気さくな人だった。

「こちらには来たばかりで」

知人がトイレに立った時に男は独り言のように呟《つぶや》いた。ふと、声の響きに懐《なつ》かしいものを感じたが、それが何かは思いだせなかった。

「よければ、いろいろ教えてもらえたら助かります」

「お時間が合えば案内しましょうか」

我ながら感心するくらい儀礼的な笑みを返した。

テラス席から夜気を含んだ重い風が流れ込んできた。カーディガンを羽織ろうとしたはずみに肘《ひじ》がグラスに軽くあたった。

「おっと」と、男が身を乗りだしてグラスを摑《つか》んだ。アルコールであたたまった肌の匂《にお》いが押し寄せて、身体《からだ》が触れた。私より熱い身体だった。あ、と思った。

どこに触れたのか見定める間もなく、男は元の姿勢に戻っていた。

「濡《ぬ》れませんでしたか」

落ち着いた声だった。子どもがいるのだろうな、と思った。親になると人との距離を容易《たやす》くつめられるようになる気がする。私はどうしても人に近付く時、かたくなる。かたさは静電気のように素早く伝わって相手もかたくなる。けれど、男はゆったりとしたままだった。

細かな泡を含んだ液体がグラスの中で揺れていた。たゆたう水面で店の照明が白く瞬《またた》いた。少し酔ったのかもしれない。

グラスを見つめながら私は小さく礼を言った。

「あの人には近付かないほうがいいよ、いろいろ噂《うわさ》のある人だから」

連絡先を交換するのを見ていたのだろう、地下鉄の駅で知人は言った。白眼と丸い鼻が酒で赤く染まっていた。地下鉄構内の光はなんだかしらじらしい。空気も澱《よど》んでいる。

「そう」と言うと、「どんな噂か訊《き》かないの？」と粘っこい笑いを浮かべた。

「そういうことは本人に訊くわ」

欠伸《あくび》まじりに答えると、知人はあからさまに嫌な顔をした。

「へえ、また会うつもりなんだ」

「何かあなたに関係がある？」

そんな顔をするなら紹介しなきゃいいじゃない。反発心から、つい言わなくてもいいことを口にしてしまう。

「あの人かなりいいかげんだよ。得体のしれないところがあるし。あんた意外と隙《すき》が多いよな」

さっきの男にとくべつ惹《ひ》かれたわけではなかった。案内するという話だって社交辞令のつもりだった。けれど、たかだか「知人」のくせに知ったようなことを言ってくるその人が疎《うと》ましくなった。酔っていることを差し引いても、あんた呼ばわりされる筋合いもない。だから、その週のうちに男に会う約束を取りつけてしまった。知人は怒り、無関係の人となった。

「いずれまたきますよ、連絡。男ってそういうものですから」

その話をすると、男は笑みをたたえながら言った。若いですねえ、という目をして。

「自分の恋人でも何でもないのに」

「まあ、かこっておきたいんでしょう」

「なんですか、それ。それに私もうすぐ結婚するんです」

男と距離をとりたくてわざと言った。正直、結婚が決まっていなかったなら近付かなかったと思う。二人きりで会うと、男はあやうげだった。初対面ではわからなかったが、年端《としは》もいかない子どもめいた無邪気さがあった。ふらふら危なっかしく見えて、手を伸ばすとすっと懐《ふところ》に潜り込んできそうな、どこか空恐ろしい感じがした。

「そうですか、僕もまたすぐ転勤になるかもしれません。早ければ数カ月で」

男はコーヒーカップを口に運びながら穏やかに言った。転勤と結婚は違う、と思ったが黙ってカプチーノの泡を混ぜた。

「同じですよ」

思わず顔をあげた。男と目が合った。男の目尻《めじり》と額の辺りに歳を感じた。けれど、その目は近く思えた。老いているでも若く見えるでもなく、ただ、近く感じた。

「先のことはどうなるかわからないという点ではすべて同じです、それより」

男はにっこりと笑った。

「止められたのにどうして会ってくれたのかが僕は気になりますね」

気のきいた返しができなかった。私が男の言葉を頭の中で転がしていると、男は頬づえをついた。そして、まるで忘れてしまったような顔で「さて、どこに行きましょうか」と言った。

その時に思った。この男の名をあまり呼びたくはない、と。

呼んだが最後、心に居ついてしまうような気がしたから。

男は確かにいいかげんだった。思いつきで行動し喋《しゃべ》っているようなところがあった。

店を探して繁華街を歩きまわった。特に話が弾むわけでも、男が質問してくるでもなかった。どうしましょう、とただネオンの中をさまよった。

ふらふら歩いていると、細い路地の暗がりにぽつんと点《とも》った灯りが目に入った。

「あんなところにケーキ屋が」

私が呟くと、男はさっさと入っていき、小さな店内で苺《いちご》のショートケーキとモンブランをひとつずつ詰めさせた。

「どうぞ」と渡してくる。私たちの後ろで店のシャッターが下りた。暗闇《くらやみ》の中で白い紙袋がほんのり浮かびあがった。

「どうして」

「欲しそうでしたから」

「でも」と言うと、「後で食べましょう」と歩きだす。行く先も決まっていないのにどこで食べるのだろうと思いながら後についた。紙袋の底の、湿った柔らかな重みが伝わってきて、かたいアスファルトに一瞬沈むような気がした。

男は酔いがまわると、とろんとした顔で「僕はね、腹上死するのが夢なんですよ」とうそぶいた。「ご家族いらっしゃるんですよね」と言うと、「多分」と頼りない返事をしてなみなみとワインをついできた。四十を超えた家族持ちの会社員が言うことではない。生真面目《きまじめ》な徹也が聞いたら眉《まゆ》をひそめるだろう、口先では酒の席にふさわしい応対をしながら。

ふと、お店に入った時、「向かい合わせは落ち着きませんから」とカウンターに向かった男の後ろ姿を思いだした。

「馬鹿《ばか》みたいですね」と笑った。

性根は臆病《おくびょう》なくせに無頼を気取ったりして。馬鹿にした瞬間に警戒心が解けた。

同時に、きっとその相手は私ではないのだろうな、と思った。思った時点で何かははじまっていたのだろう、気がついたら腕の中にいた。

「自分に正直に生きたいだけです」

これまた馬鹿みたいに陳腐な台詞《せりふ》を耳元でささやかれた気がする。

そんなことはどうでもよかった。言葉なんて別にいらない。目をつぶりたかった。目をつぶると徹也の顔は消えた。

脈打つ身体の輪郭を男の指と舌がゆるゆるとなぞり、やがて深く潜り込んできた。

男が眠っている隙に帰った。寝顔は見なかった。古いエアコンの音が響く狭い部屋は甘ったるい脂《あぶら》と包装紙の匂いがした。

タクシーの中で、男にもらったケーキを忘れてきたことに気がついた。窓ガラスを流れる闇の中、光沢をおびた赤い苺とくずれおちそうな白いクリームが浮かんでは消えた。

一度きりのつもりだったのに、「次は泊まれる日に会いましょうか」とさも当然のように誘いはきた。

「泊まりは危険ですから」とやんわり拒絶すると、「寝坊が？」と呆《とぼ》けたメールが返ってきた。見てくれはいい大人のくせに真剣みにかける人だ。冗談だか本気だかわからない独特の口調を思いだし、くすりと笑いがもれた。

苺のケーキを忘れて帰ってしまいました、傷《いた》んでしまったでしょう。

そうメールすると、「そうでしたか。苺でしたっけ」とそっけない返事がきた。メールだから本当にそっけない顔をしているかはわからないけれど、少し安心した。

男は遊び慣れている風で、後腐れもなさそうに思えた。なにより、まあ、いいかな、と思わせる雰囲気があった。泊まるかどうかは会ってから決めようと思った。私の仕事の広告デザインは不規則な仕事で、繁忙期は会社に泊まり込むこともある。帰りが遅くなったり、急に帰れなくなったりしても徹也に疑われる心配もなかった。

待ち合わせ場所に向かう夜の闇は肌に柔らかかった。男と逢《あ》っていた頃はずっと甘い匂いがたち込めていた気がする。秋の樹木や花や落ち葉の匂いが空気に溶けていた。

来てくれてありがとう、とも、また会えて嬉《うれ》しいよ、とも言わず、男は当たり前のように私の腰に軽く手をまわして歩きだした。その自然さに考える間もなく引き寄せられた。

男が何も訊かなかったせいもあるが、再び身体を重ねても不思議なほど罪悪感はなかった。むしろ、自分ではない自分を少し上から見つめている感じで、心は驚くほど平静だった。

ホテルを出ると、まっすぐな朝の光が寝不足の目の裏をざらざらと擦《こす》った。男から離れると男の存在は消え、あらゆる思考がそぎおとされたけだるい疲れの中に五体が漂っていた。執拗《しつよう》に触れられた身体は皮膚が一枚増えたかのようにぼわぼわとしていて、ますます現実味をなくさせた。


「かたちだけのことだから」

籍を入れる話を持ちだされた時、「どうしていきなり」とたじろぐ私に徹也は言った。かたちだけのことならば、このままでいいのではないか。

「何かあったの？」

「いや、これといった理由もきっかけもないんだけど。まあ、しいて言うなら」

徹也はしばらく口を閉ざした。考えごとをする時に顎《あご》の辺りに手をやるのは徹也の癖だ。

「留《とど》めたいんだよ」

ややあって徹也は呟いた。

「何を」

「今の状態を。多分、落ち着きたいんだろうな。まあ、歳も歳だし」

歪《ゆが》む気がした、私と徹也の間の空気が。なぜ、いまさらこんなことを。

変化を止めたい時は何度もあった。大学を出たばかりの頃だ。徹也とは付き合いはじめてすぐに一緒に暮らしだした。徹也の滑らかな筋肉に触れ、安らかな寝顔を眺めていると涙しそうになった。このまま時間を止めたいなどと感傷的になったわけではない。この激情ですらいつか失われてしまうということが哀《かな》しかったのだ。

その時はどうしたらいいのだろうと真剣に悩んだ。今ここにある瑞々《みずみず》しいものが干《ひ》涸《から》びていくのを見続けるのは辛《つら》い。辛い私でさえも次の瞬間には違う私になっていく。残酷なほどにたゆむことなく変化は襲ってくる。いっそ別れてしまおうか。だんだん褪《あ》せていくならば、自分の手で壊してしまおうか。そう思ったこともあった。けれど、そんな想《おも》いも今はもう、ない。気持ちが冷めてしまったわけではなく、私はわかってしまったのだ。

きっと、結婚したってかたちを留めることなんてできない。

「仕事は？」

「別に今まで通りで、生活も、仕事も。だって仕事好きだろう？」

仕事は好き。デザインは表現職ではないから。クライアントの意図をくんで目的にそったものを作りあげる。精魂こめて作っても清々《すがすが》しいほどに次々と消費されていく。誰も留めたいなんて思わない。とても気が楽だ。

留められないものを留めようとするから無理が生じる。それをやっと受け止められるようになったというのに。

「かたちだけのことだから何も変わらないよ」

徹也は繰り返した。

まだ青い朝の台所にひとりたたずんだ。あれこれ考えすぎて眠れなくなってしまったのだ。時々、こういうことがあった。想念が緩慢に広がっていって、自分が一体どんな風なのかわからなくなる。

それでも、起きてきた徹也が後ろに立った瞬間に、しんとかたちが定まる。どんなに心が遠くにいても、何を考えていても。徹也がいれば、徹也のかたちに私は添ってしまう。長く同じ家で暮らして、もう、そうなってしまっている。眠れなかったの。あたたかいものでも淹《い》れようか。わけは訊かず、さし障《さわ》りのないことを言い交わしてベッドに戻り、いつもの朝を迎える。

互いが思っていることを明確な言葉にするのは怖い。それに固執して、奴隷《どれい》になって、あらぬ方向に流されてしまいそうになるから。今あるかたちを壊さないように、結婚という枠にはめておくのだろうか。何かが起きてしまっても戻れるように。そう思うと、少し納得がいった。

けれど、徹也から離れると私はかたちからゆるゆると滲みだしてしまうのだった。

変わらないということがあるのだろうか。そう言うと、男は笑った。

「今日は哲学的ですね」

「変わらないものなどないと思うのですけど」

「けど？」

「彼はそれを築きたいみたいです」

いつか、徹也は気付くのだろうか。どんなにかたちを整えたとしても、自分の想いですら変化を免れないことに。それに気がついた時、どうするのだろう。

「人はそういうものでしょう」

「あなたも？」

「そりゃあ、僕だってずっと若くいたい、禿《は》げたくない」

男は額に触れた。笑う。

「でも、そんなの不可能。第一、自然じゃないし。同じ細胞のままで生きられる生物なんていないでしょう。変化を止めるには死しかありませんよね」

男は珍しく黙っていた。どことなくひやひやとしたものが漂った。

「婚約者がいるのにこういうことをしている私を軽蔑《けいべつ》する？」

ふいを装《よそお》って、わざと明るい調子で訊いた。

「軽蔑するも何も僕が誘っていますから」

いつも男はそう言った。優しく礼儀正しいけれど冷たい。

「どうしてずっと敬語なんですか？　私、ずいぶん下なのに」

「このままでいましょう。その方がなんだか、いい」

「実体がなくて？」

男は首を傾《かし》げる。

「地に足がついていないとはよく言われますけど」

「少し、違う」

男はふうん、というようなくぐもった音を鼻の奥でたてた。別に誰にどう思われようが意に介さないという空気がいつも男のまわりにはある。時々、それが気にさわった。私がある日突然消えても男はどうも思わないのだろうな、と思うと小憎らしくなるのだ。自分だとて、男がいなくなろうが困りはしないくせにそれを棚にあげて、一瞬、憤《いきどお》る。けれど、すぐに飲み込む。飲み込んだことを意識すると想いが澱《おり》のように少しずつ溜《た》まっていく気がするので、息がかかるほど近く男に寄り添う。

「そういうあなたもないですよ、実体」

男は笑いを含んだ声で呟いて、すぐに唇を寄せてきた。太い舌が口を塞《ふさ》ぐ。この会話ですら戯《たわむ》れの一環なのですよ、とでもいうように。

ガウンの上から身体にそっと触れてくる。男はいつも最初は淡く触れ、私がなかば溶けた頃、つよく抱きしめてくる。時間をかけて私の体中のこわばりを解き、おしひらき、流れでるものをすくいとっていく。目をとじた。

その時、わずかに男の動きが滞った。

「変わる、変わらないとか以前に」

表情は見えなかった。かたい声に思われた。

「信じるものがないんじゃないかな。あなたも僕も」

思わず身を起しかけた。けれど、男の舌が耳たぶを捉《とら》え、手がガウンの中に滑り込んできたので、また目をとじた。とじたまま、身体に満ちてきたものに流された。

何も思わなければ変わることはない。名前のついた関係は、はじめなければ終わることはない。男と無心で身体を交わしている時はいつだって普遍だった。身体が馴染《なじ》んだとしても、はじめてした時と変わらなかった。この瞬間を留めたいと思うことがないのだから。

留めたいと思った時点で、ものごとは膿《う》んでいってしまう。腐り、異臭を放ち、みるみる姿を変えてしまう。想いや瞬間を残すことなんてできない。中ががらんどうのかたちばかりが残る。詮無《せんな》いことだ。そんなものを徹也は欲しいのだろうか。

音の閉ざされた室内で絡《から》み合う自分と男の姿は一枚の絵だった。異国の本の挿絵のようなものだ。いつひらいても同じ。何を想うこともなく眺めていられる。けれど、それが安心でもあった。

男は気まぐれで、あまり予定というものをたてなかった。いつも突然に連絡がきた。続けて断っても気分を害した様子もなく、何度でも誘いはきた。もの柔らかに見えて頑固なところもあり、海老《えび》と果物が嫌いで、アレルギーでもないのにけして食べなかった。いつでも、微笑《ほほえ》みを浮かべていて人の言うことなど気にしなかった。何にも興味などなさそうだった。そうかと思うと、驚くほどの執着で同じものを食べ続けたり、灯りの点った繁華街の夜闇を何時間も歩き続けたりした。時々、何の連絡もなく遅刻もした。次の日仕事があるのに呆《あき》れるくらい酒を飲んだこともある。男の行動には生活というものが感じられなかった。

腹はたたなかった。男のいいかげんさを目《ま》の当《あ》たりにしても私には余裕があった。自分に属するものではないから。これが徹也だったら違うだろう。私と徹也にはパズルのピースのようにぴったりはまった部分がある。どちらかが欠落したり増長したりすれば、相手に負荷が生じてしまうことを知っている。どちらかが生活に破綻《はたん》をきたせば、相手にも影響が及ぶ。それをできるだけ起こさないためにかたちを作るのだ。けれど、時折、塵《ちり》ひとつ残さず消えてしまいたくなることがあった。私の空洞にはまる女はいくらでもいるように思えたからだ。そして、徹也の空洞にはまる男もあんがい簡単に見つかってしまう気もした。男の時と違って、それを考えると腹立ちではなく淋《さび》しさが私を包んだ。徹也はその事実を見ないふりしているのだろうか。それとも、そんなことなど考えもしないのが普通なのだろうか。

「僕はありますよ、逃げたこと」

男は平然と言った。駄目な人間、と思ったが、それを伝えたところで微笑まれるだけなので私も淡々と訊いた。

「どうしてですか」

「逃げたかったし、とりあえず逃げるしかなかったから」

「駆け落ちとかですか？」

「まあ、そうですね」

本当だろうか。男の口調はいつでもとらえがたい。嘘《うそ》でも本当でもどちらでもいいはずなのに軽く苛立《いらだ》つ。

「どうでした」

「どうでしたも何も、同じですよ」

「同じ」

「どんな時でも女の人って変わらない。女の人に限らないのかもしれませんが。何といえばいいのかな、義理堅くなる。むしろ非常事態においてこそ、いっそう」

「義理ですか」

「駆け落ちをしているのだから浮かれた顔をしてはいけない。誰かを傷つけたのだから幸せにならなければいけない。家族を守るために辛くてもちゃんとしなくてはいけない。義理堅い。なんだかね、僕はそういうのが恐ろしくなりますよ、たまに」

とうとうと言葉を吐きだした。男の顔を見ると笑っていた。けれど、その微笑みは貼《は》りつけたもののように見えた。

「義理なんか守って何が残るのでしょうね。そんなものより僕は本心が見たい。汚くても、あざとくてもいいから」

何と答えていいかわからなかったし、自分に向かって話しているのかも判然としなかった。男の腕に触れて、首に唇をつけてみる。私の香水の匂いと汗の味がした。男が背中に腕をまわしてくる。

「あなたもですよ」

「え」

「あなたは自分からはけして誘ってこない。訊いてもいないのに、わざと婚約者の話をして線をひこうとする。そして、時々僕から離れようとする。本当に離れたかったら黙って連絡をたてばいいのに引き留めて欲しくてわざわざ言ってくる。罪悪感を抱いているふりをしている」

思わず男の目を見てしまった。私は時々、男にかたくなになった。儀式のようなものだ。罪悪感にさいなまれたふりをして拒み、ほだされてしまえば安堵《あんど》した。気付かれていないと思っていた。

「責めてるの？」

「責めてないですよ」

男は穏やかな声で言った。ひんやりとした清潔なシーツに静かに私を押し倒して、

「ちょっと苛《いじ》めてみたくなっただけです」と笑った。

その日、肩に歯をたてられた。ちりっとした痛みを感じた途端、飛び起きていた。繋《つな》がっていた身体が離れて、真向かいから目が合った。「だめ、あとが」と思わず口にして、困りますという言葉は飲み込んだ。先ほど男に言われたことが頭に残っていた。男は一瞬ひるんだ顔をしたが、ゆっくりと目を細めた。私の頭を自分の腰に引き寄せた。

「きれいにして下さい」

ばつが悪かった。噛《か》み痕《あと》をつけられることを拒んでしまったことではなく、行為中にまじまじと目を合わせてしまったことが。だから、一心に舌と顎を動かした。男は私の頭をなおも引き寄せる。喉《のど》の奥を突かれて涙目になる。涎《よだれ》が顎から首につたった。拭《ぬぐ》おうとした手をガウンの紐《ひも》で縛りあげられる。それから、男は私の首根っこを押さえつけ、後ろから乱暴に扱った。

演技めいていた。私も演技めいた声をあげ、演技めいた懇願をした。二人して快楽に我を忘れたふりをした。

手はゆるく縛ってあった。外そうと思えば外せるくらいに。黙って紐を解きながら思った。あなたも充分に義理堅いじゃない、と。ちゃんと一線は守る。

男はもういつもの男に戻っていた。「水、飲みますか」なんてのんびりした声をかけてくる。なんだか、すうすうと虚《むな》しかった。変わらない場所なんてない。

「今夜はもう帰りますね」

シャワーにたった。熱を宿した身体は重かった。

家に帰ると、徹也は居間のテレビでゲームをしていた。二人分のコーヒーを淹れ、横に座る。

徹也はつまらなそうに何度も何度も同じ敵を倒していた。トサカの生えた蜥蜴《とかげ》の化け物のような敵だ。「ありがとう」と画面から目を離さず呟く。

「つまらなそう」と言うと、「防具を作るのに素材が足りないんだよ」とわけのわからない返事をした。

「その敵を倒すと素材が集まるの？」

「まあ、そうだね」

「変なの。架空の世界のことで汲々《きゅうきゅう》として」

「まあ確かに変だよなあ」

徹也が笑う。私も笑う。

徹也は大切。いつだって大切と思える。二人で同じかたちをつくっていかなくてはいけない人。お互い変わられてしまったら、困る。義理堅いという男の言葉が蘇《よみがえ》る。けれど、義理でも守らなくては、何に従っていけばいいかわからないではないか。正直に生きるなんて、きっと誰もできない。あまりに心もとなくて。人は虚構においてすら汲々としてしまうのだから。

肩先がにぶく痛んだ気がした。男の歯のかたさを思いだす。あれは戯れであって欲しい、こんな身体だけの関係だからこその。血を飛ばし倒れていく蜥蜴の化け物を眺めながら肩にそっと指を這《は》わせた。

男に誘われ、新幹線に乗った。

関西の古い街で降りると、今度はバスに乗った。平日の真昼の車内はすいていて、乾いた埃《ほこり》っぽい匂いがした。バスは丘陵を越え、古めかしい民家の建ち並ぶ小道を抜けてどんどん進んだ。どこまで行くのだろうと不安になりはじめた私の横で、「天気がいいですねえ」と男はにこやかに景色を眺めていた。

バスを降りて、稲穂の刈り取られた田んぼ沿いの道を山の方に向かって歩いた。

「その寺には血天井があるんです」と、男は言った。

「血天井ですか」

移動ばかりが続いて、身体がけだるかった。声ににぶいものが滲んでしまう。男は平素よりずいぶん足取りが軽かった。

「関ヶ原の前かな、戦に負けて籠城《ろうじょう》した何百という武士たちが切腹して果てた城があったそうです。その血の染《し》み込んだ床板を天井にしたものらしいですよ」

「なんでまたそんな気持ちの悪いことするのかしら」

「供養《くよう》のためじゃないですか。それに、昔は」

男は私の数歩先を行く。石段の続く山門の前で足を止める。奥は竹林だった。澄んだ緑色の空気がたゆたい、さらさらと葉ずれの音がした。

「死は身近なことだったんでしょう」

男はふり返って、手をのべた。ゆったりとした動きだった。手をつないだことはなかったので、一瞬、躊躇《ちゅうちょ》した。男は「転ぶといけませんから」と、私のヒールに目をやって微笑んだ。

昨夜も男は私を手荒に扱った。前よりもずっと激しく。嫌と言っても許してくれなかった。考えると怖くなる気がしたので、男に合わせて行為に溺《おぼ》れた。目をとじていたはずなのに、自分の身体がありありと見えた。暗闇の中、私はばらばらになっていた。たかい、おおきな声をあげていた。怖かったはずなのに、嫌と言ったはずなのに、途中から私は体面を失った。男があまりにもののように私を扱うから、私は私であることをすっかり脱ぎ捨ててしまった。

明けがた近くに引きずり込まれるような眠りに落ちて、起きると男は「今日だけ仕事を休んで下さい」と言った。有無をいわさぬ口調だった。職場に電話を入れた。仮病をつかうのは、はじめてのことだった。

そうして、遠く離れた知らない場所にいる。男は昨夜とは別人のような顔をして、優しく私の手をひいている。

風が竹林を抜ける度、ちらちらと光が散った。静かなのに、騒がしい。男の手の熱さも、竹の鮮やかな青も、落ち葉の甘い匂いも。

こぢんまりとした寺には私たちの他に人はなく、靴箱には埃が積もっていた。

血天井は白洲《しらす》の庭園に面した縁側とその奥の部屋にあった。磨かれた縁に座ると、街が一望できた。意を決して首をのけぞらすと、板を連ねた天井が見えた。

ところどころに黒ずんだ染みが見えた。けれど、それは血というよりは雨漏りのようだった。

「これ、本当に血なのでしょうか」

自分でも驚くくらい失望しきった声がもれた。男はまだ天井を見上げている。私は一体何を期待していたのだろう。何百年も前の血があかあかとしているはずなどないのに。

「確かに、なんだか雨漏りみたいですね」

男がやっとこちらを向いた。

「つまらないですね」

「でも、ほら」

男が指す方を見ると、大きな染みの横にぽつんと手形があった。さすがにそれはなまなましかった。

「僕はあれを今朝見ましたよ」

玄関の方へすたすたと歩いていく。慌《あわ》てて後を追った。靴のストラップを留めるのに手間取っているうちに男は寺の前の小道をそれ、鐘つき堂の方へ庭木をかき分け進んでいく。

走って追いかけ、横に並んだ。男の横顔が白い。日光の下だと首すじなど青みがかって見えるくらいだ。わずかに胸がざわついた。

「どこで見たんです」

ひらけたところに出ると、男は足を止めた。木造の鐘楼があった。あちこち朽ちかけている。日差しに目を細めながら男は自分の背中に近い脇腹《わきばら》あたりに触れた。

「ここに」

「え」

「朝、浴室で見たらあなたの手の跡がくっきり残っていました。指の一本一本がわかるくらいに赤く。きれいでしたよ。覚えていないんですね」

「嘘」

男は笑った。柔らかく声をだして。

「僕はすこし」

手を伸ばしてきた。思わずあとずさる。

「あなたに傷をつけたかった。だから、痣《あざ》を見つけた時、嬉しかったです。あなたの僕に対する執着の証《あかし》のような気がして」

「その痣には」

言いよどむ。何の想いもありません。身体が勝手にしたことです。あなたとのことはただの遊びです。言えなかった。胸がつかえて声がでなかった。

「昨夜、口走ったことも覚えていないんですね」

首をふった。本当に覚えていなかった。自分の知らない自分が存在したことに腹の底がぞくりとした。何を言葉にしたの、私は。

「そんな顔をしなくても。じゃあ、その言葉は僕がもらっておきます。この痣と一緒にね」

黙っていると男は微笑んだ。

「あなたの言う通り、変わらないことなんてありません。この痣もそのうち消えるでしょう。血天井だって、あんな風に何百年と残ってみても、色を失い雨漏りと変わらなくなってしまう。けれど、変わってしまうと知っているからこそ、変わらないものを宿すこともできる。あなたは頭でわかっているふりをしながら、ただ怖《おそ》れているだけです。変化を恐れているのは彼ではなくあなたなんですよ」

男はぶらぶらと鐘楼のまわりを歩いた。

「怖がらなくていいんですよ。ちゃんと相手と傷つけ合ってどろどろになっていくといい。かたちなんて何回壊してもいい。膿んで腐って、それすらも乾いてしまって、諦《あきら》めきった頃にあんがい欲しかったものなんてぽろりと転がっているのかもしれませんよ」

晴々とした口調で男は言った。高い空で旋回する鳥を見上げながら。

「まあ、そんなことをしなくても残るものは残るんです。あなたは自分が思っているよりずっと感情的な人間なんですよ。言葉にしなくても、しないからいっそう宿してしまう。恋に焦《こ》がれて啼《な》く蟬《せみ》よりも、と言うでしょう」

「啼かぬ蛍が身を焦がす？」

男が悪戯《いたずら》っぽく笑いながら頷《うなず》く。

「蛍の火は」

　笑いがもれた。

「つめたい偽物《にせもの》の灯よ。火傷《やけど》の痕すら残せないわ」

「だから、いいんです。本当か嘘かわからない虚構だからこそ、人は惑わされて心に深く痕を残すのですから。それに、あなたは」

　男は小石を拾って、鐘の方に投げた。

「虚構でなくては安心しない」

　澄んだ金属の音がたった。

「転勤してきたというのは嘘ですね。前から私を知っていたんですね？」

「どうでしょうねえ」

　男はゆるやかに言って、次々に小石を投げた。

帰り道、田んぼの端に点々と散らばる曼珠沙華《まんじゅしゃげ》がやたら目についた。燃えるような色を見る度、呼吸が浅くなった。

小さい頃、摘んで帰ったら母に怒られた。家が火事になるからと。でも、本当はあの赤い花が欲しかった。

男の横顔を見る。この人ならば「試してみましょうか」と笑って摘む気がした。

焦げくさい匂いがする方に向かうと、田んぼの真ん中で焚《た》き火をしていた。火はめきめきと燃えていた。眩《まぶ》しい日差しのもとでもそれは存分にあかるく、私は血の色を想った。この日差しの中でも血ははっとするほど赤いだろう。

私のつけた血の痕を見たい。黒く変色してしまう前に。

激しい欲情にも似た想いだった。

「ねえ、見せて下さい」

何を、とは問わなかった。男も赤く燃える火を眺めていた。

「こんなところで、はい、と脱ぐわけにもいかないでしょう」

そう笑って、手をきつく握ってきた。私の火照《ほて》りをなだめるように。帰る時間が迫っていた。

「今度見せて下さいね」

「はい」という答えを信じていなかった。これが最後になる予感はあった。

そのまま、男との連絡は途絶えた。つんとした冷気が鼻の奥の甘さを拭っていった頃、冬がきたことと男を失ったことを知った。何を感じたかは定かではない。結婚準備と仕事に忙殺されていたから。儀式や生活とはすごいものだと思う。何もかも忘れさせてしまう。

半年ほど経《た》った頃、知人から電話がきた。男は死んだそうだ。何か重い病気に侵されていたらしい。「家族も知らなかったらしいよ。それにしたって死に方がさあ」という知人の話を遮った。知りたくはなかった。

電話をきり、携帯の画面が暗くなっていくのを見つめた。

「腹上死できたのかな」

声がもれた。小さくまるい声だった。なんとなく、男はひとりで逝《い》った気がした。男は私を昏《くら》い場所にまき込むようなことはしなかったから。

あの日の炎の色を思いだした。見ることのできなかった血の痣も。

私の残したあの痣は消えてしまったのだろうか。それとも、男の白い身体に残されたまま焼かれてしまったのだろうか。

私たちの火は結局何も遺《のこ》しはしなかった。何かをかたちづくることも、生みだすこともなかった。それでも、あの日、男は満足そうだった。そして、私も得たものがあった。

目をつぶれば、消えない痣が見える。暗闇の中、痣は脈打ち、炎のように揺らぐ。それは褪せることはない。むしろ欲すれば、欲するほどに鮮やかさは増す。

この想いを何と呼べばいいか知らない。わからなくていいと思う。誰にも伝えることはないのだから。間違っていようが、正しかろうが、どちらでもいい。ただ、あの頃の私たちには互いが必要だった。

今でも時々、朝方に目が覚める。男が死んだのは夜明け前だったそうだ。青い空気の中、ベランダに出る。

どこかから音楽が聴こえてくる時がある。音色はどこか懐かしい。はじめて男に会った時、その声にひそんでいた響きに似ているような気がする。

消えない炎を男はくれた。それは埋《うず》み火となって残り、私のなかを満たしている。

てがた

目覚まし時計が鳴る前に目をひらいていた。毎朝、同じ時間。

起きるというよりは浮きあがる感じ。薄青に染まった夜明け前の部屋は水の中のようで、俺はいつも目が覚めた瞬間、水面にぽっかりと浮かびあがる自分を想像してしまう。

隣の布団《ふとん》で眠る明美《あけみ》と晃一《こういち》を起こさないようにそっと起きあがる。まだ一歳半の晃一は起きぬけはひどくむずかる。不機嫌そうな顔であやす妻と泣きじゃくる子どもに見送られるよりは、一人でひっそり家を出ていく方がいい。

手早く着替えて、洗面所で歯を磨いて髭《ひげ》を剃《そ》る。玄関に向かう前にもう一度、寝室を覗《のぞ》く。

二人は軽く口をあけたまま仰向《あおむ》けで眠っていた。寝顔も、寝相が悪いのも、よく似ている。可愛《かわい》いな、と思った。自然にわいてくるあたたかい感情に安堵の息がもれる。

ぐちゃぐちゃになった自分の布団が気になったが、明美が寝がえりをうったのでそのままにして家を出た。

マンションの長い廊下を歩いて、エレベーターでエントランスホールに降りる。静まり返ったホールに靴音が響く。早足で歩きながらも、まだ寝乱れた布団のことが気になっていた。

晃一が生まれてからベッドを布団に変えた。しょっちゅう昼寝をするから仕方ないとはいえ、布団はいつも敷きっぱなしだ。ベッドだと敷きっぱなしでも普通なのに、布団だとどことなく不潔な気がするのはどうしてだろう。ベッドから見るより高く感じる天井にもいまだに慣れなかった。そのせいで、眠っていると水底に沈んだような気分になるのかもしれない。

新築のマンションが建ち並ぶ丘を下り、昔ながらの商店街を通って駅に向かう。喉の渇きを覚えて、途中の古びた自動販売機に小銭を入れる。缶コーヒーが取り出し口に落ちるガコンという音に小さく心臓が跳ねる。それくらい朝は静かだ。

温かいコーヒーを買ったつもりだったのに、缶は冷たかった。自動販売機をよく見ると、温かい飲み物がなくなっていた。

「もう七月だもんな」

誰に言うともなく呟いてみる。早朝の街はひんやりとしていて、すぐに指先が冷たくなった。缶コーヒーを背広のポケットに入れる。

改札を抜け、ホームに立つ。透明な朝日が目を刺した。コーヒーの缶をあける。よく冷えた濃い液体が空っぽの胃に落ち、背筋をぞくりとさせた。ぶるっと身を震わせて、つい辺りを窺《うかが》う。まだ早いので、ホームには俺と同じような四、五人のサラリーマンしかいない。

都会は夜明け頃が一番静かでいい。仄《ほの》かに暗くて落ち着くし、なにより空気が清浄な気がする。俺は恐らく会社の誰より早く出勤している。

けれど、あの朝からこの空気に不吉なものが潜んでいるような気がしてならない。

電車がホームに滑り込んでくる。あの朝も今と同じ時間の電車に乗った。凍《い》てついた、今より夜に近い、暗い朝だった。

ガラス窓から射《さ》し込む朝日に目を細めながらコーヒーをもう一口飲んだ。冷たいものが俺の中に入ってくる。また体がぞくっと反応した。似た感覚をあの日に味わった。

いや、正確に言うと、あの日から一週間後に。

あの日、会社の屋上から一人の男が飛び降りた。朝日を見ることなく。

俺はその死んだ男のことばかり考えている。このところ、ずっとだ。

男が死んだのは半年前。

死ぬ前は何とも思っていなかった男だった。けれど、死んだ途端に影が濃くなった。いや、何とも思っていなかったというのは嘘かもしれない。思うところはあったが、向こうは俺のことなど何とも思っていない様子だったので、こちらも何とも思わないようにしていたというのが正しい。

男は一応、俺の上司だった。一応、がつくのは死ぬ前、男はほとんど出社していなかったからだ。病気だったという噂だった。元々、重篤《じゅうとく》な病気が見つかったせいで俺のいる家電製品の販売企画部に異動してきたらしい。

男は黒崎《くろさき》さんといった。下の名はもう覚えていない。ただ、飄々《ひょうひょう》とした風体にその名はあまり似合わなかった。だから、みんな「副部長」と呼んだ。

もとは関西の方の支店で営業をやっていたらしい。有能だったそうだ。彼には確かにうちの部の人間たちにはない、人付き合いにこなれた雰囲気があった。

一度、大手のメーカーが集まる商品説明会で昔の同僚らしき人と話す姿を見たことがある。副部長は早口の関西弁で話していた。時々、相手の腕や胸を軽くこづく。あまりに印象が違ったので、思わず凝視してしまった。同じ部署の女性社員が近付き、

「副部長」と声をかけると、すっと背筋を伸ばした。柔和な笑みを浮かべて「どうしました？」と振り返った時には、もういつものゆったりとした標準語に戻っていた。

得体のしれない人だと思った。平社員の俺たちが新製品が出る度に何枚も企画書を作り、あくせくイベント設営をし、広告をうったり営業部に文句を言われたりしているのを尻目に、終業時間になるとさっさと帰っていく。意見を訊いても「まあ、これでいいんじゃないかな」と、ただ微笑むばかりであっさりと書類に判子を捺《お》す。悪びれた風もないので誰も文句を言えない。出世にも興味がなく、部署内の人間関係にも我関せずという感じだった。

副部長が会社の屋上から飛び降りた時、部署の人間は全員、警察に呼ばれて彼の印象を訊かれた。皆、「穏やかな雰囲気だった」とか「あまり深い話をしたことがないのでよくわからない」とか「器用そうな人だった」とか、答えた。ぼんやりした姿しか浮かんでこなかったのだ。もちろん俺もそうだった。特に意見を言うでもなく、ふらふらとオフィスの中を漂う副部長はまさに空気のような人で、死んだと聞いた時も現実味がなかった。

早く出社する俺は、朝の静かな空気の中で赤い光をまき散らすパトカーを見て、救急車のサイレンも聞いた。黄色いテープが張られていくのも見た。それでも、映画を見ているような気分だった。

副部長の死がリアルに迫ってきたのは一週間後のことだ。

昼食後、部長に呼ばれた。二人だけで会議室に入ると、部長は紙コップに入ったコーヒーを手渡しながら長い溜め息をついた。

「黒崎のことだが……。何でもいいんだ。悩んでいたこととか、変わった癖があったとか、何か知らないか？」

俺が選ばれたのは副部長と席が隣だったからだろう。毎日、雪崩《なだれ》を起こしそうな書類の山と、パソコンのキーボードにうっすら積もった埃が嫌でも目に入った。けれど、会社以外での交流はまったくなかった。

「知りませんね。だって、ここ数カ月は顔すら見てないくらいでしたし」

「そうだよなあ」

部長は椅子《いす》の背もたれに体を預けた。軋《きし》んだ音が広い部屋に響く。

「何もないんですか？」

「遺書とかか？」

「はい」

大きな溜め息と共に「なにも、なかったらしいな」という言葉が漏れた。

た　が　て

「ご家族とは別居中だったようだ、かなり前からな。通院していたことも知らなかったくらいだ。葬式も身内だけで済ませてしまった。お悔やみに行ったらさ、奥さんが言うんだよ。籍はまだ抜いていませんでしたが、もう関係のない人になっていましたから何も知りませんってさ。子どもとも何年も会ってなかったって。生活費を振り込むだけの関係だったそうだ。なんだかやりきれんよなあ」

噂で一人暮らしだとは聞いていたが、単身赴任中だと思っていたので驚いた。同じ年頃の部長は感傷的になっているようだった。

「とりあえず、仕事に関していえば過労も心労の可能性も薄いと思いますけど。ご家族もそんな様子ならば、うちを訴えてくることはないんじゃないでしょうか。保険会社か警察が何か疑っているんですか？　自殺ではなかったとか？」

「いや、まぎれもなく自殺だよ」

部長は天井を見上げたまま呟いた。

「何か不審な点でもあったんですか？」

しばらく返事がなかった。やがて、部長はぼそりと言った。

「手形がさ」

「え？」

「柵《さく》を越えたところに手形があったんだってさ。普通、飛び降りって立ったまま飛び降りるらしいんだよ。でも、黒崎はさ、柵を越えて屋上の縁にしばらく座っていたらしい。それから、よいしょって、まるで風呂《ふろ》かプールに入るみたいにさ、飛び降りた。そう、警察が言っていた」

背中がぞくりとした。冷たい手で撫《な》でられたように。

「あいつ、そんなとこに座って何を考えていたんだろうなあ。入社からの付き合いだったが、何を考えているのかよくわからん奴《やつ》だったよ」

「まあ」と、部長は立ちあがった。

「自分から死を選ぶ奴の考えることなんかわからんな。時間取って悪かったな」

俺の腕を軽く叩《たた》いて、部屋を出るように促してくる。触れられた時、僅《わず》かにびくりと体が強張《こわば》った。

それから、社内は副部長の様々な噂でしばらく持ちきりだった。一人暮らしのマンションに未成年の女の子がいたとか、過去に愛人と心中未遂をしたことがあったらしいとか、実は暴力団と関係があって消されたとか、根も葉もない話ばかりだった。

けれど、手形の噂だけは聞かなかったし、俺も部長も誰にも言わなかった。

やがて胡《う》散《さん》臭い噂すら囁《ささや》かれなくなって、副部長の存在は忘れられた。だが、あの時から俺の中には黒い手形が焼きついたままだ。

珍しく夕焼けを眺めながら会社を出ることができた。マンションに着いた頃にはもう日は暮れていたが、いつもより軽い足取りで廊下を進んだ。隣の部屋からは揚げ物の匂いがした。

玄関に入ると、家の中は真っ暗だった。居間のカーテンは開きっぱなしで、ベランダの洗濯物がぼんやり白く浮きあがっている。どうやら昼間から家を空けていたようだ。台所を使った形跡もない。

電気を点《つ》けようとして居間を横切った時、柔らかいものを踏んだ。甲高い音が鳴って、心臓が跳ねた。足元に晃一のアヒルのおもちゃが転がっていた。

ソファに腰掛け、ネクタイを緩めながらアヒルを何回か握ってみる。少しべたついていた。黄色いゴム製のアヒルは握る度、のっぺりした顔で悲鳴めいた音を響かせた。部屋が妙に広く感じた。

一体、明美はどこに行ったのだろう。今日出かけるなんて聞いていない。

シャワーでも浴びようと思い、立ちあがりかけた時、インターホンが鳴った。

「はいはい」とぶっきらぼうに受話器を取ると、モニターに明美の母親と晃一が映った。明美の母親が晃一の手を摑んで振らせている。

「良かったねーパパが帰ってきてまちゅよー」

明美の母親が早口の赤ちゃん言葉で笑った。晃一はぼんやりとした顔をしている。

「あ、こんばんは。今、開けます」

声がうわずってしまった。

慌てて鍵《かぎ》を解除して、玄関のドアを開けて待っていると、晃一を抱いた明美の母親がエレベーターから出てきた。エプロン姿のままだ。駆け寄る。

「すみません、お義母《かあ》さん。あの、明美は？」

「あら、聞いていないの？　今日、いきなり仕事が入ったからって昼過ぎに預けていったのよ」

明美の母親は意外な顔をした。彼女はこのマンションから歩いて五分程の所に住んでいる。明美は春前くらいから友人の喫茶店に週一回だけ手伝いに通いはじめた。といってもたかだか四時間くらいなので、金のためというよりは息抜きのためだ。

晃一の夜泣きがひどかった頃、明美はいつも苛々していた。昔は俺のことを神経質だとからかっていたくせに、ひどく心配性になった。晃一の教育や将来の相談を何度も持ちかけてきたり、病院に頻繁に電話をかけたりしていた。週一とはいえ、たまに一人で外に出るようになると落ち着いたので安心した。

手伝いに行く日は母親に晃一を預けていく。でも、いつもは六時前には帰ってくるはずなのよね、と明美の母親は晃一の頰をつついた。

「うちもそろそろ晩御飯の支度しなきゃいけないから連れてきちゃった。疲れて、寝ちゃっているのかと思って。明美にはメールしておくわね。まあ、もうすぐ帰ってくると思うけど」

話しながら明美の母親はどんどん廊下を歩いていく。よく見ると、晃一はタンクトップ姿だった。睫毛《まつげ》が濡れている。

「さっき起きぬけに泣いちゃって。汗もかいていたしTシャツ脱がせたの。まだぼんやりしているから、もう少し寝かせた方がいいかもしれないわ」

勝手にうちのドアを開けて廊下に荷物を置くと、「新しいTシャツに替えるわね」と寝室に入っていく。休みの日は毎週のように孫の顔を見に来ているので、すっかり遠慮がなくなっている。

寝室は朝出た時と同じ状態だった。明美の母親は寝乱れた布団に晃一を寝かすと、

「大丈夫かしら？」と振り返った。

「あっはい」

何のことかわからないまま反射的に頷いてしまう。

「じゃあ、よろしくね。ばいばい、晃ちゃん。また来まちゅからねー」

明美の母親が一段階高いトーンの声で笑う。晃ちゃん、じゃなく、晃一だ。俺が知る限りこの人は一度もちゃんと晃一と呼んだことがない。

明美の母親は洗濯機の上に晃一の汚れた服が入った紙袋を置くと、玄関に向かった。

「送らなくていいから」と俺をドアの中に押し戻し、廊下をすたすたと去っていった。丸々とした背中を見送ると溜め息が洩《も》れた。

寝室に戻ると、晃一が起きあがって布団の真ん中に座っていた。ぽかんと口をひらき、黒い大きな目で俺を見つめている。どうしていいかわからず、固まる。晃一はしばらく動きを止めていたが、顔がくしゃりと歪み「ふや」とも「うあ」とも言えぬ声を発しながら泣きはじめた。

抱きあげると一瞬泣き止《や》み、涙と涎と鼻水で濡れた顔を押しつけてきたが、抱き方が悪いのかすぐにのけ反り、一層激しく泣きだす。名前を呼びながら立ちあがり、揺らしながら歩き回ってみるが泣きやまない。お尻のあたりがもったりと湿っている気がする。うんちかおしっこでもしたのか。参ったな。俺はおむつを替えたことがない。替えのおむつがどこにしまってあるのかもわからない。晃一は顔を真っ赤にして声を張りあげる。耳がびりびりする。

困り果てていると、玄関で物音がした。

「晃一？」と、明美の声がした途端、腕の中の泣き声が弱まった。ぱたぱたとスリッパを鳴らして明美が居間に駆け込んできた。晃一は「まんま」と手足をばたつかせる。

「おい、なんとかしてくれよ」

焦《あせ》っていたせいか大きめの声がでた。明美が一瞬、きっとした目でこちらを見た。が、すぐに晃一に向かって笑いかけた。

「あーおむつ汚れちゃったー」

明美は俺の手から晃一を奪い取ると、背中をぽんぽんと軽く叩きながら寝室に向かう。背広についた晃一の涙と唾液《だえき》を拭《ふ》き取ってから追いかけた。

「今日、バイトがあったなんて聞いてないけど」

「いきなりお願いされたの。だって、昨日も帰ってくるの遅かったし、朝はいつの間にか出かけているし、言うチャンスがなかったんだもん」

晃一を仰向けにした明美は振り返らず言った。

「メールとかできなかったの？」

「うん、だから、ごめんってば。今日も遅いと思っていたから言わなくていいかなと思ったの。ほら、金曜だし、飲み会とかあるかなって。私ももっと早く帰ってくるつもりだったし」

明美は童顔のせいかおっとりして見えるが、早口で喋っていると母親を彷彿《ほうふつ》させた。

おむつのテープを剝《は》がすばりばりという音に声がかき消される。一歩、近付く。布団の上に座る明美を見下ろすかたちになった。手元を見て、あれ、と思った。

「指輪、つけていないんだ」

外していると明美が文句を言うので、俺は仕事にいく時も結婚指輪をつけていた。

明美は「ううん」と否定だか肯定だか判断のつかない声をあげた。手だけは忙しく動き、おむつを開く。剝《む》きだしになった赤ん坊の下半身から思わず目を背ける。ご飯が炊《た》ける時のような蒸れた匂いが漂った。

「晃一を抱く時、ひっかけたらいけないかなって思って外しているの」

今日は晃一を預けていたじゃないか、と思ったが、これ以上あれこれ追及するのも女々しい気がしてきたので黙った。それに、明美の背中や声音には苛々したものが漂っていた。こういう時はそっとしておいた方がいい。

廊下に出ると、玄関マットの上にスーパーの袋が放りだしてあるのが目に入った。白い袋がひしゃげてシメジのパックと葱《ねぎ》が半ば飛びだしている。

持ちあげようとすると、オレンジが落ちて床の上を転がっていった。晃一のアヒルのおもちゃのようにわざとらしいくらい鮮やかな色だった。

休日でも癖でいつもの時間に目が覚めてしまう。なんだか貧乏臭くて嫌だなと思う。特に予定もない日だったので、二度寝をしたら今度は十時をまわってしまった。飛び起きると、隣の布団に二人の姿はなかった。

晃一の興奮した笑い声が聞こえた。廊下に出ると、玄関に明美がしゃがみ込んでいた。晃一に靴を履かせようとしているようだ。晃一は遊びと勘違いしているのか、くすぐったいのか、さかんに笑い声をたてている。明美もくすくす笑っている。

眺めていると明美が顔をあげた。足をばたばた動かしていた晃一が振り返り、じっと俺を見つめた。時々、不安になる。この子は俺が父親だって認識しているのだろうか。俺を見つめる晃一の黒い瞳《ひとみ》はまるで夜の海のように捉えどころがなく見える時がある。

「どこか行くの？」

「ゆりちゃん達とランチするって前に言ったはずだけど」

ゆりちゃんは確か短大の時の友達のはずだ。聞いたような気もするが、正直覚えていなかった。「ああ」と曖昧な返事をする。

「晃一も連れて行くの？」

「さすがに二日続けては預けられないし、連れていくわよ」

言葉に尖《とが》ったものがあった。居心地が悪くて「俺が見てようか」と言ってしまい、昨日、数分すら面倒を見られなかったことを思いだし気まずくなった。

「まあ、二、三時間なら大丈夫だと思う」と、慌ててつけ足した俺を明美はちらりと見た。晃一を抱きあげる。

「いいわよ、別に。最近、ちっともじっとしていないからずっと見てなきゃいけないし、結構、手がかかるのよ。まあ、あなたは寝てる時しか見てないからわからないだろうけど」

明らかな嫌味にさすがにむっとしたが、明美がちらりと腕時計を見たので黙って見送った。待ち合わせ場所まで送ってやれば良かったかなとも思ったが、あの調子ならばすげなく断られただろう。昨日、おむつすら替えられずに押しつけたことを根に持っているのは明白だった。

「可愛いって口で言うだけで何にもできないじゃない」

明美の目がそう言っていたように思えた。

寝間着のまま居間に行き、ソファに転がった。昨日やけに部屋が広く感じたのは気のせいではなかった。晃一の手が届きそうな本棚やCDラック、壁のオーナメントやテレビ台の上の小物などがいつの間にか居間からすっかり消えていた。観葉植物も全部ベランダに移されている。ここ最近忙しくて家ではほとんど寝るだけだったから、家の中の変化に気がつかなかった。

ただ、微《かす》かに面白くない気持ちもあった。別に俺は遊んでいて家に帰っていないわけじゃない。会社から遠いこのマンションを選んだのだって、明美が母親の近くの方が安心だと言ったからだ。毎日、子どもとただ二人きりにさせているわけではないし、明美の行動を制限したりもしていないはずだ。そこまで腹をたてられる筋合いはない。

さっきまで晴れていた空がかげって、部屋が急に暗くなった。黒いものが胸をざわりと撫でていった。

「所詮、子どもだって妻だって他人だよ」

副部長の笑い顔が蘇る。顔は優しげなのに、目はいつもしんとしていた。その静かな目を思いだすと、また背筋がぞくりとした。

あれは確か飲み会の席でのことだった。

ちょうど晃一が生まれたばかりの頃だ。宴もたけなわになってくると、二十代後半の社員が多い俺のテーブルはもっぱら結婚生活の話題になった。

「正直、どうなんです？」

後輩が探るような目で言った。酔っているのかあまり焦点が合っていない。

「何が」

「お子さんですよ」

「いや、可愛いよ」

「またまたー。正直な感想ですよ。よく言うじゃないですか、男はなかなか自分の子だっていう実感が持てないって。木田《きだ》さん、結婚してすぐ子どもできたから、どうなのかなって」

「だって、妻が子ども欲しいって言うからさ。そのために仕事も辞めちゃったし、作るしかないじゃない」

「うちもそうなんですよね。でも、僕はなんか作るっていうのに抵抗あって。嫁のことも女として見られなくなりそうだし」

「そんなこともないと思うよ」

そう言うと、向かいの席に座っていた同期の田原《たはら》が笑った。

「お前、こないだもう女として見れないかもって、トイレで愚痴ってたじゃん」

ジェスチャーで制したが遅かった。違う話題で盛りあがっていたはずの事務の女性たちが「えー最低！」と声を張りあげた。

「今は母親と赤ん坊との距離が近すぎるからだよ」

なんとか取り繕おうとするが女性たちは収まらない。過剰反応に驚いた田原も慌ててフォローを入れる。

「そうそう、なんか母親オーラ全開だと赤ちゃんのものって感じがするんだよ」

「なにそれ、自分の子でしょう。どうしてそんな他人事《ひとごと》なんですか」

田原はすぐに言い返され、困った顔で笑った。まったく、だから止めたのに。

赤ちゃんのもの。でも、確かにそうかもしれない。田原に愚痴っていた頃、明美はまだ育児に慣れず、朝も昼も寝間着姿のままで胸に赤ん坊を張りつかせていた。俺が入る隙間などないくらい二人はいつもぴったりとくっついていた。明美も晃一とは名付けたものの、正直、まだただの赤ん坊としか見られなかった。明美も晃一も個性を失った母子というひとつの塊に見えた。

けれど、そう思うことに罪悪感はあったので、なるべく深いことは考えないようにして、時間が情を育《はぐく》んでいくのを待った。ただ、明美の授乳期間が短くして終わった時、ほっとしたのを覚えている。俺は人前でも平気で胸をはだけさせる明美がなんとなく怖かった。

テーブルはまだ母性と父性の話題で盛りあがっていた。女性陣の方が優勢で、田原と後輩が必死に弁解していた。

斜め向かいに座った副部長と目が合った。彼は静かに笑みをたたえながら皆の話を黙って聞くか、もっぱら隣の事務の子とばかり話をしていた。そういえば、向かい合って話すのが苦手だと言っていたことがあった。「会議もカウンターでしたらいいのにね」と、ふざけたことを呟いていた。

副部長は俺を見つめたままビールを傾け、俺にだけ聞こえるような低い声でゆっくりと言った。

「生々しいのは嫌だよね」

「え」

「生活って生々しいじゃない。けど、その実、何もないんだよねえ。所詮、子どもだって妻だって他人だよ」

女性たちが「何か言いました？」と、副部長の方を向いた。「いいえ、なにも」と副部長は首を振ると、立ちあがった。

「私はそろそろ帰りますよ。幹事さんはどこかな」

そう言い、ふらりと部長のテーブルに向かう。皆、随分酔っている感じがしたので引き留められて面倒なことになる前にと、俺も立ちあがった。

「僕も帰ろうかな」

「えー早いですよ、みんな」と、女性たちが口を尖らせた。

「こいつ、家遠いんだよ。一時間半以上かけて通勤してんの。嫁の実家近くにマンション買ったんだってさ」

田原がまた余計なことを言いだす。「ローン地獄だよ」と笑ってつけ足した。

「木田さんって」と、女性の一人が頬杖《ほおづえ》をついて俺を見た。

「なんだかんだ言って堅実ですよね」

がっかりしたような声だった。なんでそんな声をだされなきゃならないのだろう。

ちらりと副部長がこちらを見た。薄く笑っているように見えた。

店を出て、歓楽街の雑踏を歩いていると、田原が追ってきた。

「おい、木田。携帯忘れてる」

「あ、悪い」

俺を追いかけてきたはずの田原の目が俺の後ろを見ていた。振り返ると、地下鉄の出入り口に副部長がいた。髪の長い女性と話している。二十代後半くらいだろうか。どこかで見たことがある気がした。

俺たちの視線に気がついたのか、女性がそっとこちらを見た。

副部長は穏やかな表情のまま、手慣れた仕草で女性の腰に手をまわすと、自分の体で隠すようにして歩きだした。地下へは降りずに歓楽街の奥の方へ向かう。細い二人の背中はすぐに人ごみに紛れた。

「あーあーあー」

田原がにやにやした。

「すぐ近くでよくやるよ。女癖悪いって有名だもんな。ばれても気にしないんだろうな、ああいう人って」

「穏やかそうな人なのにな」

他人のプライベートにはあまり首を突っ込みたくない。適当に相槌《あいづち》をうった。田原が携帯電話を渡しながら呟いた。

「でも、ちょっと、あの人って似てるよな」

「誰に」

「お前に。そつがないところとかさ、雰囲気とか。お前もそのうち家庭を顧みなくなったりするのかもな。尽くした挙句、絶望しちゃったりしてさ」

「なんだよそれ」

思いの外強い自分の口調に驚いた。

予想外の反発心が突然湧《わ》いたのだ。一緒にしないでくれ。そう思った。少し酔っていたのかもしれない。

田原は「おいおい、冗談だって」と笑って、俺もすぐに笑い返したが、燻《くすぶ》ったものはしばらく残っていた。やがて、それは副部長の笑い顔に姿を変えた。

日曜日だったが、イベントブースの搬入日だったので、朝早く出勤した。会場となるアリーナは海の近くにあった。けれど、工場地域の海岸はコンクリートで舗装され、テトラポッドで埋め尽くされていて、海というよりは広大な下水場に見えた。天気も悪く、灰色に荒れていた。

ブースで区切られた会場を歩いていると、見覚えのある女性とすれ違った。

会釈をされて、時々頼むデザイン会社の人だと気がついた。いつもモノトーンのシンプルな服を着て、個性的なアクセサリーをつけている女性だった。芯《しん》の強そうな目をしていた。明美と歳は近そうだがタイプがまったく違うので、何となく近寄りがたいイメージがあった。

ピカピカの家電製品が並び、派手な色彩のポスターが貼り巡らされた会場で、なぜか彼女だけがしんと夜をまとっているように見えた。俺を見上げた顔の後ろに街のネオンがちらついた。

「あ」と声をだすと、彼女は立ち止った。微かに首を傾ける。飲み会の後に副部長と待ち合わせをしていた女性は彼女だった。

「お世話になっています」

あまり人付き合いは得意ではないのだろう、彼女はそう言って口元だけで微笑んだ。この人の前で副部長はどんな顔を見せていたのだろうか。お悔やみを口にしないということは自殺のことを知らないのかもしれない。

迷った。

けれど、好奇心が勝った。

「あの、うちの副部長の黒崎とは親しかったんですか？」

ほんの数ミリ、女性の眉がひそめられた。「くろさき」と薄い唇がなぞる。

「前に、あの、一緒にいるところを見かけたことがあるので」

女性は俺の顔をしげしげと見直し、「ああ」と小さく口をひらいた。

「何度かお食事をしたことはありますけど」

「いきなり失礼なことを訊いてすみません。実は、彼、亡《な》くなったんです」

今度は少しも表情が変わらなかった。

「そうみたいですね」

「ただ、亡くなりかたが……」

「いいです。何も知りたくありません」

彼女は顔を背けた。騒がしい会場に似合わぬひっそりとした横顔だった。後ろから機材を載せた台車がやってきて、彼女は脇に一歩それた。そのまま行ってしまいそうで慌てて食い下がった。

「じゃあ、あの、彼のことで生前、何か気になっていたことはありませんか。悩んでいたとか、変な癖があったとか。何でもいいんです」

だが、またも彼女はあっさり「忘れました」と、表情を変えずに言った。

「もういない人ですし。私には関係のない人でしたから」

彼女は一旦《いったん》、口をつぐんで「私、結婚してますし」とこれ以上の質問を遮るように呟いた。

関係ない。奥さんも言ったというその言葉に、一瞬、居たたまれない気持ちが込みあげた。副部長に対しての憐《あわ》れみなのか、同じく結婚している身だからなのかはわからなかったが、思わず言ってしまっていた。

「そんなものなんですか。何か、ちょっとぐらい思い出だってあるでしょう」

はっとなって、彼女を見た。彼女はそっと目を細めた。

「何も遺したくない関係が必要な時だってあるんじゃないですか」

「僕にはわかりません」

「そうですか」

女性は少し微笑んだ。どうして笑うのかもわからなかった。

「彼は夜景が好きでしたか？」

「さあ？」と、彼女は首を傾げた。その顔はほんの少し幼く見えた。

「でも、そう言われれば夜が似合う人ではあったかもしれませんね」

彼女はすっと頭を下げると、歩き去っていった。後ろ姿をしばらく見つめたが、一度も振り返らなかった。

会社に戻ると、隣の空っぽの席を眺めた。机の上はすっかり片付けられ、副部長の痕跡《こんせき》は何も残っていなかった。

どうして彼女にあんなことを言ってしまったのだろう。

　窓に近付き、ブラインドを上げ、曇り空を眺めた。

　この部屋のずっと上にある屋上のことを考えた。副部長が飛び降りて以来、屋上は立ち入り禁止になっていた。自分の頭の上に死んだ男の手形がべったりと張りついたコンクリートがあることを思うと背筋が冷たくなった。

　天井を見上げてみる。蛍光灯に照らされた染みひとつない白い天井が広がっているだけだった。

「いつも穏やかですよね。怒ることってないんですか？」

　事務の子にそう訊かれていたことがあった。副部長は「だって、面倒じゃないですか」と笑った。いつでも体を斜めに傾けて会話する人だった。この人、穏やかなんじゃなくて人と向き合うのが苦手なだけじゃないか、と思った。揉《も》めている家族から目を背けて、愛人との安易な関係に逃げて、のらりくらり愉《たの》しく生きたいだけだろう。優しく見えるだけで自分に甘くて、他人に冷たい。その時々の愉しみだけなんて、なんて刹那《せつな》的で空虚な人生だと蔑《さげす》んでいた。だから、冗談でも一緒になんてされたくなかった。

　でも、自分も変わらない。俺も相対するのが苦手だ。明美の欲求に従っていれば家のことはうまくいくと思っていた。

彼女に副部長のことを訊いたのは、副部長の死の真相を知りたかっただけではない。きっと、自分との違いを確認したかったのだ。

窓の外を見る。無機質な灰色のビル群は、さっき展示会場近くで見た荒れた海に似ていた。

ここから見る夜景はどんなだろう。きちんと眺めたことはなかった。夜の海のように見えるのだろうか。街のネオンの光は、はるか遠くの漁船や灯台の灯のように見えるのだろうか。無数にあっても、どれひとつ自分とは関わりのない灯り。

小さい頃、海の近くに住んでいた。夜の海をあまり長く見てはいけないと祖母によく言われた。引きずり込まれてしまうから、と。

夜闇を見つめる背中が浮かぶ。副部長は死を覚悟して屋上の縁に座ったのだろうか。それとも、座っているうちに死が忍び寄ってきたのだろうか。一体、あんたはそこで何を見たんだ。人と向かい合って話すことすら苦手だったあんたがあんなところに一晩中座って、何と向かい合っていたんだ。

どこまでも広がる夜闇と無数のネオンを前に、自分など、いてもいなくても同じだと、そう思って飛び降りたのだろうか。

冷たいガラスに額をつけて、下を覗き込んでみる。高い。怖気《おじけ》が尻から這い上ってくる。

ガラスを隔てた数センチ先には虚空《こくう》が広がっていた。死はいつだってすぐ隣に転がっている、普段は気付かないだけで。

目がくらんで、よろめいた。恐ろしい。

背筋が凍るのはまだ生きていたいからだ。失いたくないものがあるからだ。それらがあるうちは死の淵《ふち》なんて普通の神経で覗いたりなどできない。

俺はまだ、怖い。

コンクリートに腰かけた時から、きっともう彼は死んでいたのだ。

そして、たった一人で、けして浮かびあがることのない海に沈んだ。一対の手形ひとつを遺して。


電車を降りると、夕焼けが見えた。家の辺りは晴れていたようだ。

少し遠回りをして、紅《あか》い夕日を浴びながら歩いて帰った。河原で父子がキャッチボールをしていた。小学校低学年くらいの男の子は三回に一回はボールを受け損ねた。その度に父親は笑い、二言三言アドバイスをする。土手の上からそんな様子を眺めた。

たまには散歩にでも誘おうと、明美にメールをしようとして携帯電話を見ると、明美から三件も着信が入っていた。電話をかけるが、でない。まさか晃一に何かあったのか。不安になり、足早に家に向かった。

それでも、マンションに着いた頃には青い夜の気配が漂いはじめていた。

家の中は暗かった。誰もいないと思って居間に入ると、明美が一人でソファに座っていた。目が少し腫《は》れているように見えた。

「ただいま」

声をかけると、明美は小さく頷いた。電気を点けようとリモコンに手を伸ばしかけて、止めた。すっきりと片付いた部屋を見渡す。

はじめて気がついた。夜明け前よりも夕暮れの方がずっと暗い。刻一刻と暗くなっていく部屋の中で、明美はじっと動かずにいた。思えば、二人きりになるのは久しぶりだ。

「ごめん、仕事だった」

近付いて、なるべくゆっくりと言った。

「知ってる。カレンダーに書いてあったし」

「晃一は？」

た　が　て

「母さんとこ。友達が来るから見せたいって連れていっちゃった」

返事はするが、明美は自分の膝《ひざ》ばかりを見つめている。

「どうしたの？」

「どうもしない。ただ、夕暮れってなんとなく気が滅入《めい》るの」

明美が短大生の頃からの付き合いだったけれど、そんなこと一度も聞いたことがなかった。明美の生活を何も知らない。日々をただ流しているだけで、何も刻もうとしていなかった。明美はこの部屋で毎日、日が暮れる度に漠然とした不安を感じていたのだろうか。小さな命をたった一人で胸に抱きながら。

「そうだね、なんだか、吸い取られていきそうだね」

明美が顔をあげた。

「何に？」

「くらいものに」

この部屋にあるあたたかいものや光を。

明美が首を傾げた。

「そうなのかな」

「ねえ、今月末に少し早めの夏休みをもらうから、俺の実家にでも行こうか。海で泳ごう」

「海？　泳げるの？」

「泳げるよ。これでも小さい頃は毎日泳いでいたんだから」

「はじめて聞いたかも」

明美が俺を見てぱちぱちと二回瞬《まばた》きをした。晃一によく似た大きな黒い目で。

「でも、まだ危なくない？」

大丈夫だよ。笑ってみせる。けして君たちを沈ませはしないから。どんな夜の海でも手を離さないから。

夜に沈んでいく部屋の中で思った。毎日、毎日、浮かびあがればいい。何も遺せはしなくても。光が奪われても。毎日、新たな灯を点せばいい。

手を差しだすと、明美は「なにーもう」と言いながらもそっと握ってきた。強く握り返す。

インターホンが鳴った。明美の手をひいて、壁の受話器を取る。

「はい」

光るモニターの中で晃一が高い声で笑っていた。小さな手をいっぱいにひらいてこちらに伸ばしながら。

ゆびわ

微妙な色だな、といつも思う。

茶色でも黄土色でもないくすんだ色の壁。これがベージュやアイボリーだったら何の文句もなかったのに。

なだらかな坂を登り、真新しい公園とグラウンドの横を通り過ぎ、建ち並ぶ新築のマンション群を見上げる度にかすかに胸のうちが濁る。どうして外壁をこんな微妙な色にしたのだろう。なんだか貧乏臭い。

きっぱりとした性格の母親は「微妙」という言葉を嫌う。昔から、私が何かを決めかねて「微妙かも」と呟くと、眉間《みけん》に皺《しわ》を寄せて「微妙って、あんたどっちなのよ。嫌なら嫌と言いなさい」とつめよってきた。

でも、微妙としか言いようのないものは確かにある。それは私の人生において人よりすこしばかり多いのではないかと思う。買ったばかりのマンションを見上げながら、ほらここにもあるじゃないか、と声にださず呟く。

けれど、広いエントランスを抜け、なめらかに上昇するエレベーターに乗り込むと、そんな気分も消えていく。

ベランダからは生まれ育った町が一望できる。駅前の古い商店街の外れにごちゃごちゃした集合住宅が見える。私の実家はその中にある。元は社宅だった家は私が生まれた頃からボロくて、どんなに新しい服や布団を買っても押し入れに入れるとすぐに黴臭《かびくさ》くなった。

住み慣れた町を見下ろしながら満足感を味わう。友達には「ローン地獄だよ」と困った顔をつくって笑いつつも、ここからの眺めを思うと気持ちがなだらかになる。

だいじょうぶ、私は劣っていない。二十五で結婚して、順調に子どももできて、一戸建てではないが憧《あこが》れだったウォークインクローゼットのある新築マンションに住むことができた。夫の洋平《ようへい》の稼ぎは悪くない。そして、私はまだ若い。ちゃんと勝てたんだ。そう思う。

私は小さい頃から特に勉強ができたわけでも、抜きんでた才能や個性があったわけでもない。けれど、特に出来が悪かったわけでもない。全てにおいてただただ微妙だった。顔もスタイルも努力して中の上あたり。

人並みの幸せ。それが私の夢、というかラインのようなものだった。そのラインに至らなければ、微妙な私は「普通」から「劣った存在」にすぐ転げ落ちてしまう気がした。

決して分不相応なものを望んだつもりはない。その証拠にそれなりの努力と辛抱の末、私はちゃんと欲しいものを手に入れた。ささやかな優越感にひたって何が悪いだろう。私はこれで充分に満足。たったひとつ、あの微妙な色の壁を除いては。

後ろでやわらかな物音がした。

ふり返ると、晃一がソファの上で手足をばたつかせていた。もう自分で起きあがれるはずなのに涙目でこちらをじっと見ている。寝起きはいつもぐずる。

「よしよーし、晃一、目が覚めたの？」

抱きあげると、「まんま」と声をあげながらしがみついてきた。もっちゃりと絡みつくような汗の匂いがした。私の体からでてきたはずなのに私と違う匂いがする。それがいつも不思議で晃一の目を覗き込んでしまう。

ビー玉のようにまん丸で真っ黒な瞳に私が映る。途端に晃一は笑う。歓《よろこ》びを満面にたたえて、ためらいもなく体を預けてくる。

気がつくと私も笑っている。晃一の名を呼びながら立ちあがってくるくるとまわると、晃一も高い笑い声をあげた。

まわりながら壁の時計をちらりと見た。夕方まではまだ時間がある。仕事の忙しい洋平は八時前に帰ってくることなどほとんどない。

晃一の機嫌も良いようだし、数時間だけ母親に預かってもらおう。キッチンカウンターの上の携帯電話に手を伸ばした。すぐに晃一が「うあー」と興奮した声をあげて暴れはじめる。

晃一は携帯電話が大好きだ。それだけでなくファックスやパソコンといった機械の類《たぐい》を触りたがるので、洋平は決して晃一を書斎に入れない。大手の電機メーカーで働いている洋平には神経質なところがある。テレビの画面が晃一の手脂で汚れていたりすると不快な表情を浮かべる。口うるさいわけじゃないし、価値観を押しつけてくる人ではないけれど、黙って眉をひそめるのなら何か言ってくれる方がましだと思う。

晃一の手を避《よ》けながら母親の番号にかける。「はいはい」と、すぐにでた。

「母さん、ちょっと二、三時間だけ晃一を預かってもらえない？　ちょっと用事を思いだしちゃって、デパートまで行きたくて」

「えー。うち、まだ夕飯の支度してないのよ」

「デパ地下で何か買ってくるから、お願い」

母親はいつも文句を言いながらも引き受けてくれる。実家の近くに家を買ってもらって本当に良かったと思う。

ふいに頭皮に痛みが走った。ぶちぶちっと髪がちぎれる音がした。しびれを切らした晃一が髪を引っ張ったのだ。晃一はまだ加減というものを知らない。

「痛い！」と叫ぶと、晃一はきゃーという笑い声をあげた。

「明美、どうしたの?!」

母親が驚いた声をあげた。

「ちょっと待って、晃一が」

携帯電話を一旦テーブルに置く。

「痛い！　晃一！　お母さん、痛いの！」

小さな手首を摑んで言っても、まだにたにたと笑っている。多少ばつの悪そうな表情を浮かべてはいるが、きっとまた同じことをする。まだあまり痛い思いをしたことのない晃一には痛みというものがわからないのだろうか。

「晃ちゃん、最近乱暴よね。やっぱり男の子なのねえ」

携帯電話を取ると、耳元で母親ののんびりとした声が聞こえた。

私には愛人がいる。バスに乗って十五分。川を越えた町にその男は住んでいる。大学生が住むような、灰色の三階建てのアパート。雨ざらしの階段には鳥の糞《ふん》や虫の死骸《しがい》が落ちている。踏まないように足元を見つめながら階段を登り、つきあたりのドアの前で立ち止まる。プラチナの指輪をはずしてハンドバッグの内ポケットにしまう。別に結婚していることを隠しているわけではないけれど、なんとなく礼儀のような気がするから、一応はずす。

前髪をちょっと整えて、携帯を鳴らした。チャイムは壊れていて鳴らない。

「あいてる」

奥からぶっきらぼうな声が聞こえた。

ドアを開け、後ろ手で鍵をかけて、脱ぎ散らかされたスニーカーを押しのけながら靴を脱ぐ。

簡易キッチンのついた狭い廊下の向こうに男の背中が見えた。雑誌を読んでいるようだ。ラジオの乾いた音が流れてくる。

迎えにでてくれたのははじめて来た時だけで、男はその後はいつでもテレビを見ていたり寝転がっていたりとそっぽを向いている。ちゃんと行く前に連絡をいれているのに。

勝手に冷蔵庫を開ける。相変わらず発泡酒の缶と酒瓶しか入っていない。わざと音をたてて冷蔵庫の扉を閉めたが、男はちらりとも私を見ない。

部屋に入ってベッドに腰を下ろした。

「さっき隣の部屋に若い女の子が入っていったよ」

「ああ」と、男がようやく顔をあげた。耳たぶにぶらさがった五つの銀ピアスがじゃらりと鳴った。

「なんか彼女がいるっぽいよ。一緒に住んでるみたい」

隣の部屋には男いわく「いいとこの」大学生の男の子が住んでいて、時々薄い壁の向こうから下手くそなギターが聞こえてくる。今時珍しく礼儀正しい若者で、すれ違う度にきっちり挨拶《あいさつ》をしてくると言うが、単に男の外見が怖そうだから怯《おび》えているのではないかと思う。

「じゃあその彼女かな。スタイル良くてすごく可愛い子だったよ、ちょっとギャルっぽかったけど」

「へえ、意外。いいなあ、若い子」

「悪かったね」と口を尖らすと、男は笑って雑誌を持ったまま近付いてきた。

「今日は来れないって言ってなかった?」

た　か　と　あ

「すこし時間ができたの」

「へえ」

私の膝に頭をのせて転がる。服ごしに坊主頭《ぼうずあたま》が太股《ふともも》をこすった。濃い目鼻立ちの顔を眺めながら頭を撫でてみる。ざらざらとしている。

「昔よくこうして膝の上に頭のせてきたな」

「誰が」

「飼っていた犬が」

犬、に力を込めて言うと、男は「犬の気持ちってこんなんなのか」と言いながら私の脚を広げて、スカートの中に頭を突っ込んできた。

「くんくん」

湿った息がかかる。

「もう、やめてよ」

「雌のにおいがする」

「ばか」

男の頭を押しのけようとすると、逆に押し倒されて脚をもっとひらかされてしまった。恥ずかしい姿勢をとらされることにもずいぶん慣れた。男の顔を見上げる。

「六時までしか時間ないから」

「だからさっさとやろうって？」

黙っていると男は笑った。笑うと、事故だか喧嘩《けんか》だかで欠けた歯がちらりと覗く。しかけてきたのはそっちじゃない。脚をひらいたまま私はじっと男を見つめた。男はまた笑った。

「あなたねえ、男と女はセックスだけじゃないよ」

年下のくせに知ったようなことを言う。そんなことを言いながらも、私のストッキングと下着をもう膝まで降ろしてしまっている。

「カーテン閉めてよ」

「恥ずかしい方があなたは燃えるでしょ」

男は私のカーディガンをまくしあげてブラジャーをはずすと、胸を乱暴に揉んだ。声がもれる。顎をのけぞらすと壁に貼られた絵が目に入った。

紙に描かれた無数の絵がランダムに重ねられて壁の一面を埋め尽くしている。その間に宅配ピザのチラシや映画のチケットなどがピンで無造作に留めてある。簡素な部屋の中でその壁だけが騒がしかった。

「また絵増えた？」

男はもう聞いていなかった。トレーナーを脱ぎ捨てると、また私の股《また》に顔を埋めた。安っぽい体だけの男。でもこうして体だけで戯れるのが正しい愛人のかたちのような気もしたので、黙って男のベルトに手を伸ばした。

愛人、という呼び方は男がふざけて言いだした。年下の余裕か。けれど、確かに私たちの間には不倫と呼ぶほど抜き差しならないものはない。

カチ、という音で顔をあげると男が煙草《たばこ》を咥《くわ》えていた。睨《にら》みつけると、「はいはい」と台所の換気扇の下に移動する。男は裸のままだ。私は終わってしまうとさすがに恥ずかしい。毛布を胸の上まで引っ張りあげて仰向けになる。

けだるい。まだ体の奥は熱を残していて、腰のあたりが時折軽く痙攣《けいれん》する。男はそれを面白がって終わった後もしばらく繋がったままでいるが、今日はさっさと離れていった。おかげで急に体が空っぽになったようにすうすうする。

ふと、晃一を産んだ時を思いだした。あの時は自分の体と晃一のことだけで世界がいっぱいだった。授乳している時もそうだった気がする。体を使ってすることってどうしてこんなにも濃いのだろう。

けれど、どんなに濃くてもいつかは終わるし、相手は離れていく。

首を曲げて壁を眺めた。やはり絵が増えている。スケッチブックに描いているのだろう、どの紙も同じ側に破りとった跡があった。絵のほとんどは似顔絵だ。ファッション雑誌のモデルや海外のサッカー選手、友人らしき若い男、はにかんだような顔をした女の子の絵もある。どれも特徴をとらえて生き生きと描かれている。絵というよりはイラストという感じ。

台所に立つ男を見た。さっきまで私と繋がっていた体なのに、全身をさらしていると、はじめて見る人みたいだった。男は窓もないのに遠くを見るような目をして煙草を吸っている。薄暗い台所で煙草の赤い火が小さく灯っていた。

赤い火が揺れた。

「俺ももうすぐ呑《の》みにでるし」

「わかった」

起きあがり、ベッドの下に散らばった服を集める。喉が渇いた。すこし歩くけれど帰りは電車にしなくては。駅前のデパ地下で夕飯の買い物をして、時間があったら一人でお茶でもしよう。せっかくデパートに行くなら自分の買い物もしたい。そろそろ夏物がでているはず。新色のチークとマニキュア、服やサンダルもチェックしておきたい。そうだ、紫外線予防の化粧下地も買わなくては。

男はまだ煙草を吸っていた。私がいることなどもう忘れたような顔をしている。そういえば、はじめて男と話したのも煙草を吸っている時だった。

男は友人のみのりが夫婦でやっているカフェによく出入りしていた。カフェといっても旦那《だんな》さんはフランスに修業に行っていたこともある人なので料理は本格的だった。珍しい洋風のおかずやキッシュやケーキのテイクアウトもやっている。パリの惣菜《そうざい》屋さんといった雰囲気のお洒落《しゃれ》な店だ。

みのりとは高校からの付き合いだった。元々お菓子作りが得意な子だったが、今の旦那さんに出会い、短大卒業後に製菓の専門学校に行った。その時にはもう結婚していた。

私も時々、店に行った。みのりはボーダーのサロンをきりりと腰に巻いて「明《あけ》ちゃんは全然変わらないね、いつもきちんとしていて偉いなー」と、化粧気のない顔で笑っていた。

男はいつも一人で来て、キッチンを覗いてはみのりの旦那さんと談笑していた。女性客の多い店で腰のチェーンとピアスをちゃらちゃらさせた男はひどく浮いていたので覚えていた。

あれは四カ月くらい前だっただろうか。まだ日の暮れが早い頃だった。駅に続く冬枯れの並木道の途中にぽつりと灯った赤い火を見つけた。首をすくめてしゃがみながら紺色の空を眺めている男がいた。みのりの店で見かけるピアス男だとすぐにわかった。

「さっきお店にいたよね。みのりの旦那さんの知り合い？」

近付いてそう話しかけると、煙草を咥えたまま首を傾けた。ぎょろりと私を見上げた目が印象的だった。

「ん、ああ、先輩なんだ、昔の職場の。あの店よく行くの？」

「うん、けっこう。自分じゃ作れないおかず売ってるし」

男は煙草を携帯灰皿にねじ込むと立ちあがった。思ったより背が高かった。

それから、あたり障りのない話をすこしした。

「番号教えてよ」と言うので、鞄《かばん》から携帯電話を取りだした。操作しづらくて手袋を取ると、男が「あれ、結婚してんの？」と声をあげた。意外そうな顔が嬉しかった。

「そう。駄目？」

目を合わせないように画面を見つめたまま言った。男が黙ったままなので、「ねえ」と腕に触れた。

「番号、なんて登録したらいいかわかんないよ」

男はやっと「ああ」と口をあけた。

「イナダ」

それから、ぼそっとした声で「変な女」と呟いた。どこにいたって月並みだった私は、変な女と言われたのは生まれてはじめてだったので、ちょっとぞくっとした。男が私のことを何と登録しているのかは知らない。

「人妻ってさ、もっとこなれているもんだと思ってたけどな」

はじめてした時、そう笑われた。

男とのセックスは恥ずかしかった。

脚を大きくひらかれた時、思わずぎくりとした。晃一を産んだ時の会陰切開の痕が見えないかとはらはらしたのだ。胸も腹もたるんでいないか、他の女と比べて劣っていないか、いろんなことが気になり、男の目に幻滅の色が宿るのではないかと心臓が早鐘を打った。

子どもを産んだせいで自分の体が劣化してしまった気がした。男の筋肉質な腕や張りのある肌が否応《いやおう》なしに目に入って、惨《みじ》めな気分になった。「恥ずかしい」と拒んでも、男は「そういうもんでしょ」と手を緩めず私の体のあらゆるところに目を凝らし舐《な》めまわした。

洋平はもっと優しく私を扱った。なんだかわざと辱《はずかし》められているように感じた。いや、違う。なにもこんな若い男とこんなことをする必要はなかった。自分で自分を貶《おと》しめているのだ。一体なにをしているのだろう、私は。

情けない気持ちでいっぱいになってしまった私を見て、男は笑った。

「恥ずかしくなきゃ愉しくないじゃん」

「そうかな」

「だってほら、すごく濡れてる。うわ、可愛い」

「可愛い」と言われて、不覚にもゆるんだ。体の芯がとろっとあたたかくなったのを感じた。男がなかに入ってきたので、背中に手をまわしてしがみついた。男も私もなんてばかなのだろう。けれど、頭の片隅で呆れていても、体は確かに悦《よろこ》んでいた。気持ちがいい、と思った。快感でいっぱいになった。

「なかでだしていい？」と、男が言った。

すこし悩んだ。その頃は授乳をやめたばかりで、まだ生理は止まっていた。けれど、授乳中に二人目を妊娠してしまったという話を聞いたことがある。黙っていると男が鼻で笑った。

「自分から近付いてきたくせに守るとこは守るんだ」

男の小馬鹿にした口調に腹がたって、つい「いいよ」と言ってしまった。男は私を抱きしめると激しく動いた。銀色のピアスが日差しできらきらと光っていた。

次の日、生理がきた。妊娠以来なので二年ぶりくらいだった。体って正直だな、と思った。他の男を受け入れた途端に女に戻るなんて。

それから、週一回はこの部屋に来ている。男の店が休みの時とか遅番の日とかだ。休みが平日なので昼間は暇なのだと男は言い、毎週のように「こないの？」とメールが来た。

母親と洋平にはみのりの店でバイトさせてもらっていると言っている。洋平は毎日朝から晩まで晃一と二人きりでいる私を心配していたのか、息抜きになるなら何の反対もしなかった。

一流大学出の洋平にはわからないのだ。私がそんなことをするはずがない。みのりの店なんかでバイトをしたら同じ短大出の子たちにすぐにばれてしまう。出産してすぐに働かなくてはいけないくらい旦那の稼ぎが少ないのかと思われる。きっとみんな楽しそうに「明美のとこも大変だよね」なんて噂するのだ。

昔からみのりは私たちとはすこし違った。ベリーショートの髪に古着中心の個性的な服、合コンが苦手で映画や美術館によく一人で行っていた。

短大をでて一番に結婚したのは意外にもみのりだった。けれど、本心では誰も羨《うらや》ましがらなかった。みのりの相手が高卒の料理人で、その頃はまだフリーターだったからだ。みのりは結婚式もあげなかった。「みのりらしいよね」とみんな笑ったが、すぐに子どもができたと知った時、私たちのグループで一番美人だった子が言った。「二人合わせて年収四百五十万にも満たない家に生まれる子どもって可哀《かわい》そうじゃない？」と。みんな曖昧に笑いながら頷いた。その子は弁護士と結婚が決まったばかりだった。

けれど、みのりと旦那さんは夢を叶《かな》えた。二人の店は時々雑誌で見かける。そんな大層な夢のない私は、「可哀そう」だなんて思われることだけは絶対に避けたい。

正直言って、二十五歳はぎりぎりだった。友人たちはほとんど結婚してしまっていたし、仕事も早く辞めたくて仕方がなかった。仕事といっても理不尽な上司の機嫌取りと同僚女性の顔色窺いが大半を占める事務作業。そんな毎日が続くなんてうんざりだった。

洋平とは短大の時からの付き合いだったが、洋平は就職してからもなかなか結婚を切りだしてはくれなかった。就職したらすぐに結婚してくれるものと思っていた私は焦って、隠れて合コンに精をだした。事務職の給料では、美容室やネイルサロンに通って服や化粧品代を差し引いたらとても一人暮らしはできないので、実家を離れることもできなかった。息苦しさは年々増していった。

だから、洋平が結婚しようと言ってくれた時は本当にほっとした。洋平は仕事に自信がつくまでは安易に結婚を申し込まないつもりだったらしい。そういう堅実なところに、待っていて良かったと思った。

二人の名前が彫られたブランドものの指輪は私の指にぴったりで、もう何も心配することはないのだと言ってくれているような気がした。

イナダみたいなタイプの男とは付き合ったことはない。デートもせず、会って二回目で体を重ねるなんて結婚前の私だったらあり得ない話だ。大体、お金も将来性もなさそうな年下の男なんて眼中になかっただろう。

欲しいものは手に入った。後はうまく維持していけばいいだけ。

けれど、そう思いながら男の部屋から帰り、すっきりと整頓《せいとん》された居間に立ち尽くすと、時々、洋平との結婚も晃一を産んだのも全て夢だったのではないかという心持ちになることがある。もしくは、このモデルルームのような部屋だけが夜闇にぽっかりと浮いていて、たった一人で閉じ込められてしまったような気分になる。この先、私は何十年も同じ生活を繰り返しながらゆっくりと老いていくのだろうか。消え去ったはずの焦りがじわりと胸に滲みだす。

そういう時はたいてい指輪をつけ忘れている。

慌てて鞄からだして薬指にはめる。冷たい金属が指に触れると、おかしな妄想は去っていく。指輪が馴染む頃、私は元の場所にぴったりと収まっている。そして、洋平の晩御飯を作る段取りを考えながら晃一を迎えに行く。


「今夜泊っていってよ」

私の胸に顔を埋めながら男が言った。男はたまに甘えてくる。

胸を吸っている時の男の顔って赤ん坊と同じだ。体温の高いところも似ている。つい晃一を思いだして罪悪感がよぎる。私は悪い母親だろうか。でも、仕事にかまけて家を空けてばかりの洋平だって悪い父親だ。

「ちょっと無理かな」

「旦那には適当に嘘ついてさ」

「無理だよ」

「じゃあ、どっか遊びに行こう」

「うーん、人に見られたら困る」

「はいはい。ったく人妻って面倒」

男は私から離れるとベッドの下からスケッチブックを取りだし、太いマジックペンで絵を描きだした。

「すねた？」

返事はない。しばらくペンのすべる音が部屋に響いた。

「絵が好きなの？ うまいね」

近付いて肩に頭を載せる。さっきテレビに映っていた海外のミュージシャンの顔を描いている。しばらくたってから男は頷いた。

「絵は好きだな」

「絵で食べていくの？」

「まさか。これくらいの絵描ける奴なんていくらでもいる」

「料理は好きでやってるんじゃないの？」

「別に。俺、それしかできねえしやってるだけ」

「いつかお店持ったりとかは？」

「しないだろうな」

「なにそれ、若いのに夢とかないの？」

ペンの音が止まった。外から下校中の小学生たちがふざけ合う声が聞こえた。アパートの前の道が通学路になっているのだろう。

「俺さ、昔から何か遺したいとか思ったことないんだよ。包丁くらいは俺が死ぬことあったら誰かに使って欲しいとは思うけど、それだけだな。子どもも欲しいって気になったことないし」

「子どもは違うよ」

「は？」

「子どもをつくったって何か遺したことにはならないよ」

「どういうこと」

「だって人は忘れるもの。子どもなんて、いつか離れていくよ」

体中からあふれるような愛情を感じていても晃一は他人だ。晃一と笑い合っている時、ふっと哀しくなることがある。この子は忘れてしまうのだろうな、と思う。私がしてあげたことも、いま自分が全身全霊で私に依《よ》りかかっていることも。

きっと私の想いは残らない。晃一は私とは違う人間になって違う方向に歩いていってしまう。それが当たり前だ。

男は腑《ふ》に落ちないという顔をしていた。

「じゃあ、イナダはお母さんのおっぱいを覚えている？」

「気持悪い」

「ほら、忘れるのよ」

「あんた、まさか子どももいるの？」

「いないよ」

いつかばれると思いながらも晃一のことは言えなかった。不思議なものだ、夫への罪悪感と子どもへの罪悪感はまるで質が違う。

話を変えようと思って、「ねえ」と壁の絵を指さした。

「あの人誰？」

「ああ、地元の連れ」

「あっちは」

「店のやつ」

「私は描いてくれないの」

男はちらりと私を見ると、いきなり膝を摑み、「はい」と豚のイラストを私の太股に描いた。

「ちょっと！」

慌てて擦る。

「洗えば落ちるって、油性じゃないし」

さめた声だった。驚いて男の顔を見ると目を逸《そ》らされた。

「あんたは描かないよ、どうせ人のもんだし」

擦ったせいで豚の目は吊《つ》り目になってしまった。その顔はすこし私に似ている気がした。

「怒ったの？」

「全然、別にそれでいいし」

男はスケッチブックをベッドの下に放り投げた。私に背を向けて転がる。

「あんたもう帰れば。俺、なんか眠くなってきた」

「ねえ、ちょっと」と、ゆすっても答えない。「本当に帰るよ」と言っても背を向けたままだったので、横に寝転がった。男の体に触れている部分があたたまっていく。目を閉じて男の気配を感じていると、唇に指が触れた。口に含んで、舌を絡ませ、吸った。指はどんどん入ってきた。抗《あらが》わず吸い続けていると、男は起きあがりのしかかってきた。

自分勝手に動いて、すぐにいった。すこし痛かった。

「乱暴だったね」と言うと、男は私に体を預けたまま「おしおき」と笑った。汗の浮いたその顔を見て、ぞわりとまた甘い気分になった。

男とはいろんなやり方でした。男は私を苛めるのが好きだった。

時々、私に夫がいることを持ちだして意地悪も言った。けれど、それも嫉妬《しっと》ではなく、ただのお遊びめいた所有欲だった。かまって欲しくてぐずる赤ん坊と同じだ。

男は私を苛めている時だけ、「可愛い」とぞくぞくした表情を浮かべる。その顔を見ると、私もぞくぞくとした。元より体だけなのだから、欲望をぶつけ合うのはいっそ美しい気がして、いそしんだ。

洋平と話すのは晃一のことばかりだ。洋平が帰ってくる頃には晃一はたいてい寝てしまっているからそうなるのは仕方ない。洋平は朝も私たちが寝ている間に出勤してしまうので、二人が遊ぶのは休日だけだ。晃一が生まれる前は仕事に行く洋平を見送っていたが、晃一の夜泣きがひどかった時期から一緒に朝食をとることもなくなった。

私が夕飯を温めなおしている間に、洋平は晃一の寝顔を見に行く。

「大人しく眠っているよ。晃一の寝顔は本当に可愛いな」と嬉しそうに言うが、機嫌が悪い時は来客中だろうが外だろうがおかまいなしに泣き叫ぶのを知っている私は微妙な笑顔を浮かべるしかない。

「いまはしまじろうに夢中なの」

「あの虎《とら》のぬいぐるみ？」

「そう、あとは電車とか新幹線。オタクになったらどうしよう」

卵とトマトの中華スープと春雨サラダ、獅子唐《ししとう》と鶏肉《とり》の炒《いた》め物を並べる。洋平は夜にご飯は食べない。けれど、ビールは呑むので最近お腹《なか》がでてきた気がする。私は九時以降は絶対に食べないと決めているので、洋平の向かいに座り食べる様子を眺める。

「俺も好きだったよ、電車とか車とか。男の子はみんなそうじゃないかな？」

「覚えているの？」

「いや、母親が言っていた。あ、これ、おいしいね」

春雨サラダを口に入れて洋平が頷く。スーパーで買った惣菜だったが黙っていた。
洋平は料理ができないのでまったく気がつかない。

私が浮気をしていることだって疑いすらしていないはず。むしろ、「週一回とはいえ外にでるようになってから、明美は育児でカリカリすることがなくなりましたよ」

と、私の母親に言っていたそうだ。「理解のある人で良かったね」と母親は言う。

二人して間違っている。私はもう晃一のことに関して洋平に期待するのを止めただけだ。だって洋平は晃一の使用済みのおむつさえ片付けたことはない。

洋平がテレビを点けた。どっと笑い声が居間に響く。

「ねえ、どうする？」

「なにが」

チャンネルがめまぐるしく変わっていく。

「二人目。つくるならそろそろ考えないと」

「ううん」と、ニュース番組に目をそそいだまま洋平が煮え切らない声をだした。

「そうだなあ。まあ、いいんじゃない」

「でも、一人っ子って我儘《わがまま》に育ちそうじゃない」

それに、結婚した友人たちにはみんなもう二人目がいる。うちだけ仲が悪いみたいだ。

「我が儘に育てなきゃいいじゃない」

洋平はこともなげに言った。一体誰がそれをすると思っているの。喉元まででかかったが、やかんのお湯が沸いたので台所に行った。

ほうじ茶を淹れて洋平の二本目のビールを手に食卓に戻ると、珍しく「明美も呑む？」と訊いてきた。

「いい」

「もうおっぱいあげてないんでしょ？」

「でも、あんまり好きじゃないし。ねえ、今日ちょっと疲れたし先に寝てもいい？」

「うん、おやすみ」

背を向けると後ろからビールを開ける音が聞こえた。きっと朝には流しに汚れた皿が放置されているのだろうなと思っていたら、テレビの音量が大きくなった。

背筋に電流のような怒りが走った。今から寝るって言っているのに。

洋平はずっと私が怒っていることにも気付いていない。私は何も知らないわけじゃない。時々、全てをぶちまけたくなる。

慣れとは恐ろしいもので、段々男の家から帰るのが遅くなっていった。

男も時々、無理を言って私を呼びだした。嘘を重ねては慌ただしく逢った。文句を言いながらも応じる自分がいて、まずいな、と思った。思いながらも、その気持ちすら愉しみはじめていた。

そんな頃、失敗をした。

せっかちな母親が晃一をうちのマンションまで連れてきてしまい、偶然に早く帰ってきた洋平とばったり会ってしまったのだ。その日、でかけることは洋平には伝えていなかった。

家に帰ると、泣きじゃくる晃一と途方に暮れた顔をした洋平が私を見た。咎《とが》めるような目だった。その時、指輪をつけていないのを気付かれたのだ。ごまかしたけれど、すこし不安になった。事なかれ主義のきらいがある洋平は自分から何かを言う人ではない。裏返せば何を考えているかわからないところがある。

すこし距離を置いた方がいいと思った。

「しばらくは来れないかも」

そう言うと、「へえ、そう」と男は何でもない顔をした。説明しようと口をひらきかけると、引き寄せられた。

服を剝ぎ取られる。

「ちゃんと聞いてよ」

「来れないってんなら、それだけでいいし」

自分の膝の上に脚をひらいて座らせて、なかに指を突っ込んできた。わざと音をたてかきまわす。

「やだ」

「いつもそう言うけど、すぐこんなんなるんだよ。やらしい」

乳首をつままれた。体がびくんと反る。男の指の動きがいっそう激しくなる。男の息が耳にかかった。

「あんた、旦那に相手にしてもらえないから俺のとこ来てるの？」

かっと体が熱くなった。

「違うよ。ちゃんとしてるよ」

「じゃあ、続きは旦那にしてもらいな」

いきなり突き飛ばされた。よろめいて、裸のお尻がぺたんと間抜けな音をたてて床に触れた。床は冷たかった。男はもっと冷たい目をして私を見下ろしていた。

震える足で立ちあがる。

「なに、そういうプレイ？」

笑おうとした。なのに、頬がひきつって、うまく笑えなかった。下半身はまだ熱く溶けたまま男を求めている。それが、情けなかった。

泣いたらだめだ、と思った。思った途端、涙がこぼれた。

男の腕が伸びて、また引き寄せられた。ピアスが頬に食い込む。

「ごめん、嫉妬した」

強く抱きしめられて吐息がもれた。涙が止まらなかった。男は舌ですくい取ってくれた。

それから、きつく繋がった。

「あのね、イナダの言う通りなの」

男の胸に頬をくっつけながら言った。すこしだけ開いた窓から濃い緑の匂いの風が入ってきてカーテンを膨らます。最近どんどん日差しが強くなっていく。

「本当はね、私、子どもがいるの。でも、旦那とは子どもができてから一度もしてないの。きっと私のこと、もう女じゃなくて母親としてしか見れないんだと思うの」

男は天井を見上げたまま黙っていた。

「でも、別に私もしたいわけじゃないからいいんだけど。元々、あの人とのセックスは好きではなかったから。ぜんぜん濡れなくて痛かったし、私、いつもいったふりしていた。私から求めたこともないし、きっと私に性欲があるとも思っていないんじゃないかな」

体の関係がなくなってしまったことが不満なわけじゃない。辛かったのは求められていないという事実だった。女として失格なのだと言われている気がした。

「案外どこもそういうもんなんじゃないの」

「そうかもしれない。でもね、私、見つけちゃったんだよね」

「何を」

「ティッシュ」

くしゃくしゃに丸められたそれは書斎のゴミ箱からでてきた。匂いで精液を拭ったものだとすぐにわかった。

一人でこっそりと性欲を処理するのはいい。けれど、誰が家中のゴミを集めて捨てているか考えたことはないのだろうか。トイレに流すとか、隠そうとすればいくらでも隠せたはずなのに。決して仕事ができないわけではない、たいがいの人ともうまくやれる洋平の私への配慮のなさに、体が震えるほどの怒りを感じた。

私のことなんて何も見ていない。稼いでさえいれば、家は勝手にきれいになると思っている。

「私のことをばかだと思っているのよ」

ちょうどその数日後だった。おっぱいをあげている時に突然、晃一が乳首に嚙みついた。思ってもみなかった痛みを与えられて大きな叫び声がでた。

晃一は飛びあがった私を見てきゃっきゃっと楽しげに笑った。乳首にはうっすら血が滲んでいた。私は笑えなかった。痛いのに笑えるはずがない。でも、晃一は笑い続けた。

それから、授乳する度にかすかに体が緊張するのがわかった。元々、乳の出が悪かったのもあるが、ほどなくして私は授乳をやめた。

血をわけた家族でも別の個体だ。何をするか、何を思っているか、全てを知ることはできない。どんなに愛し合っていても、他者である限り傷つける可能性をはらんでいる。

けれど、私が欲しかったのは幸せのかたちだった。洋平は私の願いをプラチナの指輪にしてくれた。良き妻、母親として、家事と育児をこなしていれば、私もある程度は自由にさせてもらえるし、みんな幸せだ。まわりからも何不自由なく見えるだろう。私がささいな不満や違和感を呑み込んでさえいれば。そう、本当は大嫌いな微妙な色の外壁を見ないふりするように。

「笑っちゃうよね」

男だったら悪態をついて一緒に笑ってくれると思った。けれど、違った。

「傷ついたんだな」

低い声だった。天井を見上げて、すこしたってから「うん」と頷いた。

「傷ついたんだと思う」

「すこし眠ったら」

また熱くなってきた目がしらを揉んでいると男が優しい声で言った。頭を撫でてくれる。人の手って心地良いなと思った。

沈んでいくように眠った。眠りながら男の気配を感じていた。やがて、それも遠のいていった頃、突然、体を激しく揺すられた。

飛び起きると、部屋は薄暗かった。

「時間だよ、帰んな」

「え」

時計を見ると、もう六時過ぎだった。

「やだ、こんな時間」

「ほら、早く」

慌てて服を着ると、玄関に向かった。男もついてきた。

アパートの廊下にでて、あれ、と思った。見送ってくれることなんてないのに。

「じゃあな」

後ろから声がした。ふり返ろうとした途端、ドアが閉まった。鍵のかかる音がした。

驚いてドアノブに手をかける。開かない。その時、薬指に何かがあるのに気付いた。

指輪だった。マジックで描かれた黒い指輪。

「あ」と声がもれた。しんとした廊下に響いて、思わず口を抑える。

ドアの鍵はかかったままだ。部屋の中は静まり返っている。イナダ、どうして。

拳《こぶし》をあげた。けれど、ドアを叩くことができなかった。

今日、洋平は休日出勤だから、きっともうすぐ帰ってきてしまう。早く、早く先に家に帰って手を洗わなくては。早くここから去らなくては。

でも。

「イナダ」

小さく呟いた。私はまた泣いていた。化粧はもうぐしゃぐしゃだ。どこかに寄って直さなきゃ。でも、動けない。

ねえ、どこからどこまでが遊びで、どこからどこまでが愛情だったの？　それがはっきりしていても、私はこんなかたちのないものを喜べる人間じゃない。あなただって、冗談でこれを描いたのでしょう。だったら顔を見せて笑ってよ。

ずるいよ。私もずるいけど、あなたもずるい。

ねえ、でも、イナダ。いま、あなたはどんな顔をしている？

ふいに階段を登ってくる足音が聞こえた。慌てて涙を拭い、男の部屋の前から離れた。

俯《うつむ》いたまま足元だけを見て歩いた。階段を下りる直前、誰かと肩がぶつかったような気がしたが顔をあげなかった。

バス停に向かって歩きながら片手で薬指を握りしめた。

この落書きは約束の証とは違う、ただのお遊びだ。こんなもの何でもない。晃一が待っている。私は何も変えるわけにはいかない。この指輪は絶対に遺すわけにはいかない。

わかっている。わかっているのに、どうして涙が止まらないのだろう。

背中に夕日を感じた。まるいあたたかみが胸を締めつけてくる。それでも、ふり返らず早足で歩き続ける。

握りしめた指先がつめたい。もう夏だというのにすごくつめたい。

やけど

シャワーカーテンを引くと、もうもうとたちこめる湯気の向こうで鏡がすっかりくもっているのが見えた。

これだからユニットバスは困る。もちろん、このぼろアパートの鏡にくもり止めがついているはずもない。けれど、ネットカフェやカプセルホテルで夜を過ごすよりここはずっとまし。

手を伸ばして便座の横にかかっているバスタオルを取り、からだを軽くぬぐう。すこし湿ったバスタオルからは松本《まつもと》のにおいがした。

髪を拭きながらびちゃびちゃと音をたててフローリングを歩く。ベッド代わりにしている白い合皮のソファに裸で転がり、薄い掛け布団とタオルケットを足でソファの端に押しやる。顎をのけぞらせて髪をソファから垂らす。あたしの髪はちゃんとブローをしなくても自然にウェーブがでる。

からだの表面の熱がすうすうとひいていって気持ちがいい。くたびれた細胞が水蒸気になって散らばっていくみたい。薄いカーテンから日光がもれている。外からは下校中の小学生の甲高いはしゃぎ声が聞こえてくる。もう昼過ぎなのだろう。

この部屋には姿見がない。前にいたおっさんの部屋にもなかった。男って自分の全身を確認したいと思わないのだろうか。

仕方がないので、テレビの黒いモニターに映る影を眺める。寝そべったまま片脚をあげる。ふくらはぎはなめらかで、足首も締まっている。起きあがり、まっすぐに立つ。両膝を合わせても太股の間にはきちんとすきまができる。すこしかがんで腰をひねる。ウエストのラインも上向きのヒップもきれい。今日も問題なしのスタイル。けれど、鏡がないと背中の傷痕が見えない。テレビのモニターにはからだの輪郭しか映らない。

背中に手をまわす。撫でまわしていると指先がつるりとした皮膚に触れた。かすかな肉の盛りあがりを指でなぞる。からだのしんがじわっとにじんで、脳が痺《しび》れたようになる。この感覚を何と呼ぶのかあたしは知らない。

安心？　快感？　喜び？　どれも違うような気がする。

床に脱ぎ捨てたTシャツをかぶると、カーテンをあけた。まっすぐな日差しに一瞬、目がくらむ。狭いベランダに続くガラス戸を引くと、青々とした香りの風が濡れた髪を抜けていった。風薫る五月だっけ、まさにそんな感じ。

ベランダの洗濯機にバスタオルを放り込みスイッチを押す。松本はあたしの使ったタオルは使わない。水がほとばしる音を聞きながら、あたしはしばらく新緑の並木を眺めた。家を出るまで季節なんて意識したことがなかった。視界が狭くて、景色はいつだって同じだった。

部屋に戻りTシャツを脱ぐと、大きな音でラジオをつけてまたソファに寝そべる。隣の男の人は社会人なのかめったに姿を見かけないし、階下には耳の遠いおばあさんしか住んでいない。松本は学校かバイトのどちらかで、いつも夜にならないと帰ってこない。だから、昼間はたいてい裸でだらだら過ごす。

床に転がった2リットルペットボトルの水を直接飲むと、口の端からこぼれた水が平たいお腹を流れてへそに溜まった。透明の液体が盛りあがったまま震えた。きれいだな、と思って携帯のカメラで撮った。

肌寒さを感じて目を覚ますと、部屋がオレンジ色になっていた。もう夕方。いつの間にかまた眠ってしまっていたようだ。あたしはいくらでも寝られる。

慌ててTシャツを着てベランダに出ると、洗濯機はすっかり静まり返っていて、生乾きの洗濯物が底でひと塊になっていた。とりあえず干してはみたが、叩いても引っ張っても皺は取れなかった。バスタオルや下着はいいとして、松本の買ったばかりのチェックのシャツはまずい。とはいえ、あたしはアイロンなんてかけられない。シャツをそっと洗濯機の中に戻す。次に洗った時にきちんと干そう。

ソファに戻り、携帯をいじる。SNSサイトにアップしたおへその画像には一件しかコメントがついていなかった。「最近、普通だねー。がっかり」と書かれている。別にあたしは誰かを楽しませるためにやっているわけじゃない、あたしの記録のためだ。コメントを削除してしまうとすることがなくなった。

ラジオを消してテレビを点ける。ラジオを消した瞬間、隣の部屋から高い声が聞こえた。断続的な声に合わせてベッドが軋む音もする。隣の人が帰ってきていたようだ。ここのアパートは壁が薄い。時々、昼間や夕方に隣から女の人のあえぎ声が聞こえてくる。セックスが終わると女の人はすぐに帰っていくので、デリヘルでも呼んでいるのかもしれない。一度、松本がいる時に聞こえてきたので、面白半分に壁に耳をあてて実況中継ごっこをしたら、怒ったような顔をして背中を向けられてしまった。それ以来、あえぎ声はラジオかテレビでごまかしている。

ドラマの再放送をぼんやりと眺めながら袋菓子をあける。話の筋がちっともわからないのでまた眠気が忍び寄ってくる。チャンネルをくるくると変える。松本は帰ってきた時にあたしが寝ていると、顔の半分で嫌そうにする。隠そうとするようにすぐに顔を背けるけれど、いつもしっかりと見えてしまう。

前に居候《いそうろう》させてもらっていたおっさんは、あたしが一日中何もしないで寝ていても気にしなかった。冷蔵庫にあるものを勝手に食べても、机の引き出しをあけても何も言わなかった。あたしなんか見えていないみたいだった。そうかと思うと、帰ってくるなりケーキの箱をぽんと膝に置いたり、「昼飯代」と枕《まくら》の下に千円札を数枚押し込んでいったりした。

飄々としているってああいう感じを言うのだろうか。駅前でナンパ待ちをしている時に声をかけられた。それも、ふいっと人ごみをぬってきて気付いたらあたしの横に立っていた。おっさんと呼んでいたけど、腹もでていないし脂ぎった変な臭《にお》いもしないし、もう少し高価そうな服を着ていたらおじさまと呼んでもいい雰囲気の人だった。

「家出か？」と、あたしの足元のスーツケースを見て言った。私服警官かと思って身構えると、ふっとゆるむように笑った。

「変な人につかまるとよくないから、おいで」

そう言うと、歩きだした。数歩先でコートのポケットに手を入れたままふり返った。日に日に寒くなっていく季節だった。あたしはスーツケースを引っ張って後についた。

その話を松本にすると、「そいつが一番変だろ」と憤慨した。「おかしなことされてないの？」と聞いてきたので、「おかしなことって？」と返すと黙った。

本当ははじめの頃だけセックスをしていた。四、五回くらいだと思う。おっさんは飽きたのかすぐにあたしに触らなくなった。けれど、追い出しもしなかった。「気が済むまでいたらいい」と言われたので、そうさせてもらっていた。おっさんの部屋には呆れるくらいものがなかった。おっさんは時々帰ってこない晩があった。けれど、正月も週末も変わらず暮らしていたので独り身だと思っていた。

年明けの頃だった。数日帰ってこない、と思っていたら、突然どやどやと人がやって来た。おっさんの会社の人だと言う中年の男の人が二人とおじいさんが一人、そして、おっさんの奥さん。

おっさんは死んだらしかった。飛び降りたんだ、と男の人があたしにこっそり耳打ちした。名前を聞かれたので、嘘をついた。急いで荷物をまとめると、隙をついて部屋を走り出た。誰も追ってはこなかった。

正直、何が起きたのかよくわからなかった。あたしを追い出したくておっさんが一芝居うったのだろうか、とも思った。それくらい、おっさんには死ぬ気配なんてなかった。けれど、喪服を着た奥さんだけは一言も喋らなかった。あたしを見ようともしなかった。それは、なんだか本当っぽかった。

人があふれる明るい街を夜中までうろうろして、ファミレスで松本にメールをした。バイトが終わった松本が来たのは十二時前で、終電でこの部屋に来た。それから、ここにおいてもらっている。

テレビが夕方のニュースに変わった。日が沈んで部屋が薄暗くなっている。カーテンを閉めようと立ちあがると、ベランダのしわくちゃの洗濯物が目に入った。失敗をしたせいでどうにも落ち着かない。

生真面目な顔のアナウンサーが今日の日付を告げる。金曜日という単語ではっとなる。今日は千影《ちかげ》さんが演奏をする日だ。

スーツケースから細身のジーンズをだして穿《は》く。歯を磨き、目のまわりだけ化粧をして、ブルゾンをはおると、玄関に向かった。

アパートの錆《さ》びた階段を降りると、アスファルトから夜のにおいがした。

飲食店が並ぶ通りを抜けて路地裏に入る。次々に声をかけてくるスーツ姿のキャッチのお兄さんをすべて無視して、色とりどりのスナックの看板が付箋《ふせん》のように突きでている雑居ビルの地下に降りていく。階段の壁はポスターやチラシで埋め尽くされている。

赤い看板のついた重い木のドアを押すと、薄暗い店内からアルコールと煙草のにおいと共に音楽が流れでてきた。入ってすぐのカウンター席に座る。ビール樽《だる》の前で黒い液体をなみなみと注いでいた鬚《ひげ》のマスターが顔をあげた。グラスをバイトに手渡すと、カウンター下の冷蔵庫から透明な緑の小瓶を取りだして栓を抜く。

「もう二十歳になったってば」

「一年前もそう言ってたな」

ナッツの入った小皿とジンジャーエールのグラスが目の前に置かれる。あたしはカウンターに頬杖をついて唇を尖らせた。店はあんがい広い。テーブル席の奥の小さなステージに千影さんたちが見えた。千影さんは金曜の夜はこのアイリッシュパブで演奏をしている。

店内をかすませる煙草のけむりのせいでよく見えないけれど、動きを追っていると目を閉じながら弓を操る千影さんの顔が浮かぶ。あたしは小さい頃にピアノ教室を三カ月でやめたぐらいなので音楽のことはちっともわからないけれど、千影さんのバイオリンはきれいだと思う。いや、バイオリンではなくフィドル。

「アイリッシュを演《や》る時はフィドルと呼ぶの」

はじめて会った時、千影さんはそう言った。華やかなのに哀しげな曲ばかりだと思った。ギターやアコーディオン、ティン・ホイッスル、その日は珍しくハープの人もいたのに千影さんのフィドルの音だけがまっすぐあたしに入ってきた。「共鳴したのかな」と千影さんは笑った。それ以来、ずっとここに通っている。


二曲ほど演奏すると、ギターの男の人が「次の曲でちょっと休憩します」と言った。弓を持ちあげた千影さんと目が合った気がした。小さく手をふってみる。


カウンターに戻した手に誰かが触れた。三十代前半くらいの知らない男の人がにっこりと笑いかけてくる。悪くない顔。時計も革靴も高そう。

「よくここ来るの？」

あたしの顔をのぞき込んでくる。

「うん、まあ」

男の人はあれっという顔をした。すこしわざとらしい。

「君、目、茶色いね。スタイルもいいし、ハーフ？」

ハーフといえば女子は皆喜ぶとでも思っているのだろう、男の人は得意そうな顔で言った。

「ううん、カラコン」

「でも彫りも深いしハーフに見えるよ。なんか目立つよね。モデルとかやってるの？　俺さあ……」

「ねえ、あたしの写真見る？」

男の話をさえぎって携帯を取りだす。画面をスライドさせて撮り溜めた写真を見せる。男の顔に浮かんだ笑顔がみるみるひきつっていく。肩を寄せる仕草をすると、がたん、とスツールを鳴らして立ちあがった。マスターがこちらを見た。

「あ、ごめん。俺、ちょっと用事を思いだしちゃって……」

男は後ろに一歩下がると、財布からお札を引っ張りだしてカウンターに置き、慌てだしく入口に向かっていく。型通りの反応。喉の奥からくくっと小さな笑いがもれた。男の置いていった一万円札をマスターにぴらぴらとふってみせる。

「お釣りちょうだいね」と笑うと、マスターはハンチング帽の上から頭をかいた。困った時の仕草だ。

「こら」

甘く低い声がした。いつの間にか曲は終わっていた。

千影さんが小柄なからだでするりと隣のスツールにすべり込む。カウンターの奥に「ジントニック」と声をかけ、男のグラスを端にやって灰皿を引き寄せる。煙草に火を点けてふうっと一息吐くと、あたしを見た。耳の下で切りそろえられた真っ黒の髪が揺れて、一瞬だけ白い耳たぶが見えた。胸元に刺繡《ししゅう》のある黒いロングワンピースに白いコットンのシャツをはおっている。

「またこんなもの見せて」

指先であたしの携帯をつつく。画面にはあたしの顔が映っている。下唇は腫れあがり、左目の周りは紫色に染まっている。からだは小さいのに千影さんの手は大きくて男の人のようだ。指はごつごつしていて、爪《つめ》は短く、マニキュアもしていない。でも、あたしはきれいだと思う。

あたしの好きな千影さんの指があたしの肌を撫でるみたいに画面をスライドさせる。今度はあたしの手首の写真が現われた。血のにじんだ縄目の跡がついている。あたしは携帯を取りあげるとポケットにしまった。

「でも、ほら、もうけちゃいました。千円札と間違えたんでしょうね。明日のバイト休んじゃおうかな」

「バイトなんてしているの？　珍しい」

「居候先にちょっとはお金を入れようと思って」

「ふうん、何のバイト?」

「ティッシュ配りとか、イベントコンパニオンとか、一日で終わるやつばっかりですけど」

うなずきながら千影さんがけむりを吐く。マスターがグラスを置きながら、「お前、変な店で働いてないだろうな」とあたしを見た。

「風俗は無理だもん。あたしの背中見たらお客さんひいちゃうし」

マスターが口をへの字にして黙った。「サキちゃんは」と、千影さんがゆっくりと言った。

「そうやって選んでるからね」

千影さんは切れ長の一重をもっと細くして微笑んだ。それから「今日なんか煙草の味がしない。風邪でもひいたかな」と、抑えた咳《せき》をした。「あたたかいジンジャーエールでも飲むか?」とマスターが言い、「なにそれ、おいしいの?」と千影さんが声をだして笑った。「馬鹿にしたな、けっこううまいぞ。一口目はむせるけど」と、マスターが小《こ》鍋《なべ》を取りだす。

あたしは二人から目をそらして透明のグラスを見つめた。緑色のライムから小さな泡がふつりふつりとたっていた。

最後まで演奏を聴いて、タクシーで帰った。

本当は千影さんの家に泊りに行きたかったけれど、演奏が終わると千影さんは弦をゆるめながら「今日は恋人が来ているんだよね」と、あたしを見ずに言った。

千影さんは「彼氏」ではなく「恋人」と言う。とても似合う。あたしはその「恋人」には会ったことがない。マスターもバンドのメンバーも見たことがないらしい。とても忙しい人で、しょっちゅう無期限で海外に行ってしまうそうだ。一度行くと、帰ってくるまで何の連絡もない、と千影さんは言う。「よく我慢できるよね」とバンドのメンバーに言われても、「あのひとのことはサプライズだと思っているから。いなくて普通。期待したら駄目なの」と笑っていた。

今日も嬉しそうな顔も早く帰りたい素振りもせず、いつものように黙々と後片付けをしていた。時々、軽く咳をして、片付け終えると、煙草を一本ゆっくりと吸った。マスターが「アマレット入りのホットミルク飲むか？　あったかい杏仁豆腐《あんにんどうふ》みたいな味になるぞ」と言うのを、笑って流していた。落ち着いてみせているけれど、胸が騒いでいるのはわかった。千影さんのフィドルの音が今夜はずっと震えていたから。悲鳴のような、泣き声のような、かすかな震えはあたしの皮膚の裏をざらざらと引っ掻《か》いた。千影さんと別れてタクシーに乗ってもそれは消えなかった。

アパートの前で停めてもらい部屋を見上げる。もう一時過ぎだというのに明りはついていた。洗濯物はとりこまれている。ちゃんと乾いたのだろうか。

ヒールが鳴らないように足音を忍ばせて階段を上ると、合鍵でドアをあけて入った。台所は暗かった。部屋へ続くドアを開くと、ベッドに寝そべっていた松本が驚いた顔をして飛び起きた。寝ていたのか、片方の頬に本の跡がついて眼鏡がずれている。ぷっと吹きだすと、松本は座り直しながら片手で眼鏡を整えた。眩しそうに目をぱちぱちさせている。

「寝てた。今、何時？」

「一時半。待ってたの？」

「いや、どうせ帰って来ないと思っていたから。金曜はいつもそうだし」

「迷惑だった？」

「別に」と松本は言って、大きなあくびをした。本と眼鏡をベッド脇の本棚に置くと、掛け布団をめくってまた寝そべった。

「もう寝る」

「うん、あたしシャワー浴びるわ」

松本は返事をせずにあたしに背中を向けて丸まった。また肩幅が広くなった気がする。昔はあたしと変わらないくらい痩《や》せっぽちだったくせに。少ししゃくにさわる背中に話しかける。

「ねえ、松本」

「なに」

「彼女とかできたら言ってね、出て行くから」

返事がない。「松本」と強めに声をだすと、「わかったから」という返事と共にピッとリモコンの音が響いて部屋が暗くなった。台所に戻ると、手探りで浴室の電気を点けた。一旦、部屋に戻り、「松本、Tシャツもう一枚借りるよ」と声をかけてクローゼットからTシャツを取りだす。

洗面鏡の前で上半身裸になる。化粧用の折りたたみ鏡を使って背中を見る。みみず腫れのような傷痕が白い背中に浮きあがっている。左の肩甲骨《けんこうこつ》の下にはMの文字、右の肩甲骨の下にはHの文字。少し斜めになった細長い傷がウエストの辺りまで伸びている。

そっと指先で触れる。さっきパブで話しかけてきた人のひきつった顔がよぎって、またくすりと笑ってしまう。「この女ヤバイ」って目をしていた。ああいう反応は慣れている。

これはあたしをはじめて愛してくれた人のイニシャル。あれは中学二年の頃だった。その人はいつも通学路に車を停めてあたしを見ていた。父と同じ歳くらいの優しそうな人だった。長いきれいな指をしていた。あたしと会うために部屋を借りてくれた。最初はキスマークだった。からだ中につけられた。次はセックスの仕方を教えてくれた。面白かった。けれど、段々その人はセックスをしながらたくさん痛いことをするようになった。縛ったり、叩いたり、首を絞めたり。あたしの白い肌に残る傷痕を美しいと言って写真を撮った。

ある晩、その人はあたしの背中にナイフで自分の名前を彫った。「俺のものだよね」と聞かれて、うなずいたのはあたしだ。気を失うくらい痛くて、血がいっぱいでて、傷は膿み、熱がでた。次の日、男が仕事に行ってしまうと、あたしは怖くなった。背中が燃えていた。熱くて熱くて喉がからからになって焼け焦げてしまいそうだった。あたしはタクシーで病院に行った。服を脱ぐと、医者と看護師たちの顔色が変わった。別室に連れていかれ、警察の人がやってきた。その人は逮捕されたらしい。それからしばらくあたしの学校の行き帰りには送り迎えがついた。背中の痕だけが残った。

あたしには母親がいない。顔も覚えていない。あたしは父が海外で仕事をしていた時にできた子どもだった。母親は日本に来てあたしを産んだが、父の両親は国際結婚を認めず、まだ若かった母親はあたしを置いて自国に帰ってしまった。父はそれ以上のことは何も話してくれなかった。あたしは母親の写真も見たことがないし、どこの国の人だったかも知らない。通いの家政婦に育てられ、幼稚舎から大学までの一貫教育の私立学校に入れられた。「事件」の後も父の態度は変わらなかった。むしろいっそうあたしと目を合わせなくなった。

本当は父にはちゃんとした家族がいることを知っている。でも、あたしは黙って、父が与えてくれる物質的には何不自由ない生活の中で生きてきた。あたしはあたしにくれるというものはなんだって受け入れることにしている。優しさやお金やプレゼントといった都合の良いものだけを選ぶなんて格好悪いから、セックスや暴力や束縛だってちゃんと受け入れる。それがあたしの愛し方だ。

あたしを愛してくれた人はたいていあたしに傷をつけた。傷はあたしを通過した人たちの証なので携帯で写真を撮り、ＳＮＳサイトにアップする。そんな写真を載せるとたいていは否定的なコメントがつく。「きもい」とか「痛みに酔ってる変態女」とか「さっさと精神科に行け」とか。もっと汚い言葉で罵《ののし》られることもある。「お前みたいな人間がいるから犯罪が増える」と説教してくる人もいる。あたしはきっと相当痛い存在なのだろう。それは自覚している。

でも、本当にわからないのだ。強く抱きしめることが愛で、抱きしめることでできる痕が暴力だとしたら、その境目は一体どこにあるのか。同じじゃないか、と思う。恋をしたら辛い、苦しいとクラスの女子たちは言っていた。相手から与えられる痛みが目に見えるものだということだけで、あたしは病気扱いだ。どうせ熱や痛みはいつか嘘のように消える。あたしの背中の痕もいまや何の感触もない。だとしたら、見えない記憶や心の傷より痕が残る方がずっといい。

はじめて千影さんに傷痕を見せた時、千影さんはひるみもしなかったし、軽蔑した表情を浮かべもしなかった。

千影さんは遠くを見るような目で「あなたは探しているのかな」と呟いた。

「何を？」

「自分と同じ人を。もしくは、完全に自分をわかってくれる人。まだ、若いもんね。その傷はきっと、目印なのね」

からだの奥が軋んだ。見つけた、と思った。けれど、それを伝える言葉が思いつかなくて「千影さんも若いですよ」と言うのがやっとだった。千影さんは首を傾けて

「ありがと」と笑った。さらりとまっすぐな髪が揺れた。

もう一度、鏡をのぞき込み背中の傷痕を見つめる。高く哀しげに震えるフィドルの音色が聴こえた気がした。

つめたい便座に座って千影さんにメールを打った。返事は返ってこなかった。

次の日も千影さんからの返信はなかった。

派遣事務所から指定された駅に行き、ティッシュの入った段ボール箱と上着を受け取ると、四方からビルが覆《おお》い被《かぶ》さってくるような交差点でティッシュ配りをした。あたしは十一時から夕方の六時までの担当。土曜なので人が多い。ぼんやりしていると人の波に呑まれそうになる。

懐かしい気がすると思ったら、高校の時にはじめて松本と話したコンビニの前だった。あたしが通わされていた学校は途中から入学してくる生徒が少なく、特に中学と高校の顔ぶれはほとんど変わらない。松本とは高校の三年間同じクラスだったらしい。といっても、ほとんど学校に行っていなかったあたしは松本の名前すら知らなかった。

松本は深夜のコンビニでバイトをしていた。レジの前に立ったあたしを見てぎょっとした顔をしたので、同じクラスの子だと気付いた。うちの学校はバイト禁止だった。

そんな驚いた顔をしなければ気付かなかったのに、と思いながら猫背でバーコードを読み取る松本を見つめた。

松本は休み時間でも勉強をしていた。成績はいつでも学内で十番以内で、全国模試の時も冊子に必ず名前が載るような生徒だったらしいが、見た目は「ガリ勉君」以外に松本を言い表す単語を探すのが難しいような奴だったので、バイトをしていたのは意外だった。

松本はお金を受け取ると、分厚い眼鏡の奥からおずおずとあたしを見上げた。その頃はヒールを履くとあたしの方が背が高かった。

「内緒にしておいて欲しい」と、松本は消え入りそうな声で言った。「実は家が……」

「誰にも言わないよ」と、あたしはさえぎった。まったく興味がなかった。「言う人もいないし」

「え」

松本が手を止めると、あたしの後ろで酔っ払ったおっさんが舌打ちをした。

「知ってるんでしょ、あたしの噂。誰もあたしになんて話しかけないから」

眼帯を外して腫れあがった目を見せると、松本は口をあけたままかたまった。

「袋もおつりもいらない」

買ったものを抱えると、あたしはレジを離れた。

それから松本は試験前になるとこっそりノートのコピーをくれるようになった。苦手な科目を教えてくれることもあった。断ってもしつこく追ってきた。お礼のつもりだったのだろうか。

松本は違う大学に進んだ。誰もが知っている国立の名門大学だった。久々に学校に行くと、息を切らして走ってきて、わざわざ「受かった」と報告してきた。

大学に入ると松本は変わった。眼鏡はお洒落なものに変わり、ギターなんかを弾きはじめ、背も伸びた。喋り方もびくびくした感じじゃなくなった。大学デビューというやつだ。けれど、あたしを構うのはやめなかった。そのおかげで今は助かっているけれど。

あくびがこぼれた。朝、早起きをしたので眠い。七時に起きて、洗濯をして、松本に焼きそばを作ってあげた。はっきり言ってものすごくまずかった。やたら油っこくて、人参《にんじん》は火が通ってなくて固かった。けれど、松本は黙って食べた。

松本はあたしに手をださない。別にあたしも松本としたいわけじゃない。けど、世話になっているし、頼まれたらしてあげてもいいとは思っている。あたしはそれくらいしかまともにできることがないし。でも、どうやら松本はあたしを女としては見ていないようだ。それか、背中の傷痕が気持ち悪いのだろう。からだを求められないと、あたしはちょっと調子が狂う。ため息なんかもらしてしまう。あんな元ガリ勉の痩せっぽち男なんかに。

「お姉さん、きれいだねー。もっと割のいいバイトしない？」

よれた柄シャツのおやじが何度も話しかけてくる。その度に無言の笑顔でティッシュを渡す。

「ねえ、聞いてる？　話だけでも聞きにこない？」

しつこい。おやじは山盛りのティッシュを抱えたまま、あたしの前をふさいで喋り続ける。黄ばんだ歯を黙って見つめた。眠くて、追い払う気力もわかない。

「おい、あんた、仕事の邪魔してんのわかんねーの？」

金髪の若い男がおやじの後ろで怒鳴った。まわりの人たちがこっちを見て、おやじはばつの悪そうな笑いを浮かべながら去っていった。

「ありがと」と言うと、金髪の男は「俺にもティッシュちょうだい」と、笑いながらガードレールにもたれた。男は美容師の専門学校に行っているらしい。今度、髪切ってあげるよ、と日差しに金髪とピアスをきらきらさせながら言った。

「あんた何やってんの？」と聞かれたので休学中の大学名を言うと、「すっげ、お嬢じゃん」と目を丸くされた。

「でも、家出中だから今は知り合いのとこにいる」

「なんで家出してんの？」

「わかんない。自分探しとかじゃない？」

そう言うと、「ひとごとだなあ」と男は笑って、ティッシュを配るのを手伝ってくれた。傷痕の写真を見せてみようかと思ったけれど、昨夜の千影さんの横顔を思いだしてやめた。

時間前にティッシュはなくなった。六時まで待って、上着を派遣事務所に返しに行った。男はついてきた。助けてもらった手前、追い払うわけにもいかない。

「どっか行こうよ、あんま金ないけど」

「いいけど、着替えに一回帰りたいな」

「近い？」

「四駅」

「ついてっちゃおうかな」

そんなことを話すうちにそのまま松本のアパートまで来てしまった。松本は出かけているはずだ。男が入りたそうにしているので、「シャワー浴びたらすぐ出るからね」

と念を押して中に入れる。

台所の流しには朝食につかった汚れた皿やフライパンが残っていた。男はベランダに出ていった。蛇口をひねりながら横目で見ると煙草を吸っていた。

薄い壁の向こうからまた女の声が聞こえた。甘い叫び声。ベッドがいつもより激しく軋む。最近はずいぶんよく来ている。男がふらりと台所にやってきた。

「お隣すごいね。いつも？」

にやにや笑っている。欲情した男性が目に宿す粘った光が好きだ。皮膚の裏がぞくぞくする。急に互いの距離が縮まったような妙な息苦しさに襲われる。いいよ、と思う。ひどいこと、してもいいよ。

けれど「何が？」と、わざと知らん顔をしてスポンジを泡立てた。壁の向こうのあえぎ声が早く強くなる。笑いながら泣いているみたい。痛いのと嬉しいのはきっと同じだ、だって悲鳴も笑い声もよく似ている。ちらりと男を見ると、口で口を塞がれた。吸いたての煙草のにおいがした。舌を絡めてからだをこすりつける。流しに手をつくと、ジーンズとパンツを降ろされた。「聞こえてたんじゃん」と、後ろからペニスを押し込んでくる。腰を激しく突きあげられながら、汚れた皿の上で油と泡が混じり合うのをじっと眺めた。

バスタブで男の精液と汗を流した。

からだを拭きながら、「シャワー使う?」と声をかけたが返事がない。バスタオルを巻いて浴室から出ると、ギターケースを持った松本が台所に立っていた。男はいない。

あっと思ったが、言葉がでなかった。松本はあたしから視線を外すと、目の前を横切って部屋に入り、ギターケースを壁にたてかけた。台所に戻ってきて、流しの蛇口に手をかける。食器を洗いかけのままにしていた。

「いいよ、あたしするよ」

「いいから。それより服着なよ」

流しにたつ松本の背中を見つめた。水音が台所に響いている。皿と皿がぶつかり合う音が耳に刺さる。

「どうして何も聞かないの?」

「何を?」

「今の人誰、とかさ。何かあるでしょ」

「じゃあ、誰」

問われて男の名前を知らないことに気がついた。間抜けだ。

「……バイト先の人」

「そう」

「ねえ、松本。これ、居候代」

あたしはもらったばかりのバイト代を流しの横に置いた。

「別にいらないって前も言ったよ」

「なんで。借りとか嫌だし」

「そんなつもりじゃないから」

「でも、ここ、松本の部屋でしょ。知らない人いれるなとか言えばいいじゃない。なんで何も言わないの、本当は嫌だって思っていることいっぱいあるくせに」

松本は黙っていた。背を向けられるのは落ち着かない。

「ねえ、松本。セックスしようよ」

「しない」

ふりむきもせず松本は言った。

「なんで」

「友達だから」

ちりっとしたものが背中を走った。

「あたしには友達なんていない」

つい叫んでいた。松本は水を止めると手を拭いて、あたしを見た。眉間に小さな皺が寄っていた。けれど、松本は何も言わずあたしの横を通り過ぎて、壁にかかった鍵を取ろうとした。

あたしは思い切り松本を突き飛ばした。尻もちをついた松本にバスタオルを投げつけて服を着ると、部屋を出た。階段を駆け降りる。

友達だから？　あたしは同情ごっこなんてしたくない。言葉だけの関係なんていらない。奪いも与えもしない関係なんてないのと同じじゃない。あたしはあんたみたいな甘ったれとは違う。心の中で毒づきながら足早に歩いた。

けれど、苛立ちは収まらなかった。

松本がふり返った時、どきりとした。意気地なしの痩せっぽちとばかり思っていた松本が一瞬、大きく見えた。悔しかった。

立ちどまり、千影さんに電話をかけてみる。なかなかでない。単調な呼び出し音を聞くうちに少し落ち着いてきた。八コール目でやっとつながった。千影さんはびっくりするくらいかすれた声をしていた。

「どうしたんですか？」

「昨夜から熱がでちゃって。メール返せなくてごめんね」

「彼氏さんは？」

「昨日遅くに帰ったわ。風邪うつるとまずいみたい」

「なにそれ！」

大きな声がでていた。前を歩くカップルがふり返る。

「仕事にひびくから仕方ないの」

千影さんがゆっくりと言った。まるで自分に言い聞かすように。それから、しばらく咳き込んだ。

「何かいるものありますか？　あたし行きます」

「じゃあ、ポカリスエットと生姜湯《しょうが》お願いできるかな」

「すぐ行きます」

電話を切ると、ちょうど道のななめ向かいにドラッグストアの看板が見えた。

千影さんは本当にしんどそうだった。ドアを開けると、「入って入って」と迎え入れてくれたが、赤い顔をして肩でふうふう息をしていた。いつもはスリッパをだしてくれるのに、それも忘れている。

古いというよりレトロという感じの千影さんのマンションは倉庫のようながらんとしたワンルームの造りになっている。千影さんは部屋を横切ると、クッションのたくさんある大きなベッドに「ああ、だるいー」と言いながら転がった。毛布と掛け布団をかけてあげる。

「風邪なんてひくのは久々だわ。こんないい季節なのに」

天井が高いので、かすれた千影さんの声が部屋にざらざらと響いた。

焦げ茶のアンティーク風の家具で揃えられた千影さんの部屋を見回す。なんとなく違和感があった。本棚や窓の桟《さん》には海外の置物が並べられている。食器棚の上に植物の模様の入った小さな丸い木箱が増えていた。これのせいか、と納得しながらもなんとなく腑に落ちない。

ドラッグストアの袋からポカリスエットを一本だしてサイドテーブルの上に置く。ベッドの足元に座ると、千影さんがくすくすと笑った。

「どうしてサキちゃんが病人みたいな顔をしているの」

「千影さん、あたし今夜泊まっていってもいいですか?」

「風邪うつってもいいならいいよ」

「何かしましょうか」

「じゃあ、お粥《かゆ》つくって」

熱のせいか目が潤《うる》んでいる。今日の千影さんはちょっと子どもみたいだ。本当は寂しがり屋なのかもしれない。

「はい」と、言ったものの作り方がわからなかった。「鍋はシンクの下ね」と言われても動けずにいるあたしを見て、千影さんは呆れた顔をした。

「だって作ってもらったことがないし。あ、コンビニにレトルトのがありますよね。買ってきましょうか」と言うと、千影さんはいつものしっかりした顔になって起きあがった。

「駄目。教えてあげるからちゃんと作りましょう」

ロングカーディガンの上に厚手のストールを二枚重ね巻きした千影さんに言われるがまま、米を洗って土鍋で炊いた。お粥なんてただ米をぐつぐつ煮たものだと思っていたのに、あんがい難しかった。

「お湯を加える時は熱いやつで。水じゃ駄目、ちゃんと沸かして」

「味つけは炊きあがってから」

「混ぜる時は水で湿らせた箸《はし》で混ぜて。ああ、そんなにぐるぐるかき回さない」

カウンターキッチンの向かいから、病人とは思えないような注意がばんばん飛んできた。

米の炊けるにおいが漂いだすと、ほっと柔らかい気分になった。「風邪をひいた時のにおいだわ」と、生姜湯をすすりながら千影さんが呟いた。

蒸らし終えると、木の椀《わん》によそってお盆に載せて、ベッドの上で二人並んで食べた。とろりと甘くてポタージュのようだった。からだのしんが温まっていく。

「ちゃんと作ると美味《おい》しいでしょう」と千影さんが笑った。「サキちゃんの大事な人が寝込んだら作ってあげてね」

「千影さん」

「なに」

「あたし、ここにきちゃ駄目ですか？」

千影さんはふうふうとお粥に息を吹きかけた。

「一緒にいる人と喧嘩しちゃったの？」

「いいえ、出て行って欲しそうだから出て行こうかなと思って」

「そう言われたの？」

「いいえ。そいつ、何も言わないんです。何しても怒らないから、喧嘩にもなりませんよ。でも、嫌そうにはしてるから、なんかそういうの見ていると疲れるんです。たまに。ここ来たいなあ」

「でも、サキちゃんは出て行かない。今までだったら嫌って思った瞬間に行き先がなくてもすぐに飛びだして行ったのに」

黙っていた。千影さんが首を傾げた。

「その人のこと好きなの？」

「まさか」と、あたしは首を激しくふった。

「住まわせてもらったので借りを返したいだけだと思います。あたしはいつもそうです。それだけです」

「きっと、サキちゃんはまだわかってないのよ、本当に人を好きになるってこと」

千影さんが唐突に言った。

「それってどういう意味ですか」

千影さんはお粥の椀をちょっと見つめて、「ごめん、わたしにもわかんないや」と笑ってあたしの頭を撫でた。泣きたくなるようなきれいな顔だった。

「ちょっとずつ変わっていっているんだよ、サキちゃんも。けど、本当に嫌ならここに越してきてもいいよ、広いし。って言っても、サキちゃんには荷物なんかないか。

いいなあ、そういうのも」

ふふっと笑うと目尻をこすった。「ちょっと眠くなってきちゃった」と丸くなる。小さなからだだった。

いつの間にかもう十時を過ぎていた。照明を落として、眠る千影さんを眺めた。額に浮かんだ汗をそっとぬぐう。白い寝顔、乾いた唇。苦しげな呼吸。死ぬのかな、と思った。

前に居候させてもらっていたおっさんを思いだした。いつも無口だったのに、ある晩、突然に喋りだしたことがあった。

「君はなんだかんだ言ってお嬢さんなんだろう。おれはさ、君が想像もできないようなところで育ったんだ。高架下の汚い商店街だった」

おっさんはあたしの方を見ないでそう話しはじめた。

「ごちゃごちゃした場所だったよ。多国籍の店が込み入った路地裏に雑然とひしめきあって、知らない者は一度踏み込んだが最後、方向感覚を失ってあてどなくさまようんだ。そんなところだった。その一番奥に服屋をやっている婆《ばあ》さんがいてね。服屋って言っても、誰が着るかわからない時代ものの衣服やスリッパやタオルが山のように重ねられていて、その上の埃を裸電球が照らしているような店だった。誰かが酔狂で何か買おうとしても、婆さん決して売らないのさ。そのうち、婆さんが死んだ。身寄りがなかったものだから商店街のみんなで片付けをした。店の裏にあった家も物であふれかえっていてさ、何をどうしたらいいか見当もつかない。仕方ないから、葬式に集まった人は形見分けとして何かひとつ持ち帰ることにして、残ったものは処分しようってことになった。嫌だったねえ。親父《おやじ》が持ち帰ってきたものは花瓶だったが、なるべく見ないようにして暮らしたね。その時、思ったんだ。おれが死ぬ時は何も遺さないようにしようってね」

何の相槌もうたなかったのにおっさんは一人で喋り続けて、喋り終わると背を向けて寝てしまった。あたしはおっさんが何を言いたかったのかよくわからなかった。でも、感想も求められなかったのでそのままにしておいた。

おっさんが死んだと聞いた時、本当はすごく怖かった。わけもわからずただ逃げた。松本の部屋に着いてからやっと落ち着いて考えた。あたしは何も気付けなかったのが怖かった。一緒に暮らしていたのに。おっさんを呑み込んだ黒い闇が、いつの間にかひっそりとあたしの中にも忍び込んでしまった気がした。あれ以来、一人が怖い。誰でもいいからそばにいたい、と思ってしまう。あたしは弱くなってしまったのかもしれない。

千影さんが呻《うめ》き声をあげた。寝間着が汗でびっしょり濡れている。熱も上がっているようだ。タオルを湿らせて胸元を拭く。着替えを渡すと、千影さんはだるそうに手に取った。目の下に隈《くま》ができていた。

「病院行った方がよくないですか？」

「ううん」と、千影さんが首をふった。

「でも……」

「大丈夫、ただの風邪だって言ってたから。寝てればいいの」

「誰が」

「あのひとが。あのひと、お医者さんなの」

あのひと。弱々しい声の中に甘い震えがこもっていた。千影さんのフィドルと同じ高く哀しい震え。

千影さんが熱に浮かされた目であたしの後ろを見つめている。ふり返ってベッドの足元にある一人掛けのソファを見た。違和感の正体がわかった。いつもはそこにフィドルが置いてあるのに、今日はあいていた。昨夜、千影さんの好きなひとはそこに座っていたのだろうか。

この人を見ていると痛い。からだの奥が軋む。でも、この人も松本やおっさんと同じ。あたしに何も求めない。怒らない。ただ、自分の信じるものだけを見つめている。そして、あたしを傷つけすらしない。千影さんもおっさんのようにいつか見えない痛みを刻んで消えてしまうのかもしれない。目に見えないものは怖い。さびしい。痛くても、辛くても、あたしは目に見える愛のかたちが欲しい。求められている証が欲しい。もし、千影さんが望むならあたしは片目だってあげられるのに。

夜中にもう一度、千影さんは目を覚ました。今度は手際《てぎわ》良く着替えを手伝えた。朝方、千影さんの熱はひいた。規則正しい寝息を聞いていると涙がでそうになった。青い空気が静かに部屋を染めていって、やがて白く輝きだすと千影さんは目をあけた。

「お粥つくりましょうか」

大きく息を吐くと千影さんは身を起こして、枕元の煙草を取った。目がさまよう。ライターが床に落ちていた。ライターを拾うと、千影さんは首をふってあたしの手から取りあげて自分で火を点けた。

「ああ、やっと味がする」

「おいしい？」

「まずいに決まっているでしょう」と、けむりを吐きながら笑った。いつものゆったりとした笑い顔。この人はきっとこの先もあたしを傷つけることはないのだろう。

唇に手を伸ばす。

「千影さん、あたし今日が誕生日なんです」

煙草をそっと取りあげる。かすかに湿った吸い口に唇をあて、ひとくち吸うと、あたしは自分の手の甲に煙草の火を押しつけた。千影さんが息を呑む気配がした。

熱く鋭い痛みがからだを走り抜けた。涙で視界がぼやける。やがて、ずくんずくんと脈を打ちはじめた。この胸の疼《うず》きは火傷のせい。うまれてはじめて自分でつけた傷のせいだ。

燃えるようなこの痛みを抱えて生きていこうと思った。

うろこ

カーテンに指先が触れた瞬間、足の裏で何かが弾《はじ》けた。

驚いて片足をあげる。眼鏡をかけていないせいか、寝起きのせいか、身体が大きくバランスを崩す。ソファの背もたれに手をついて何とか食い止めようとしたが、無駄だった。

どん、と部屋が揺れた。

ソファに転がったまましばらく息をひそめる。このアパートは壁が薄い上に、隣に住んでいるのは坊主頭にピアスがじゃらじゃらのヤクザの下っぱみたいな男だ。時々、昼間っから女を連れ込んでは悩ましい声をあげさせている。

去年、壁の向こうから「うるせえぞ！」と怒鳴られたことがあった。基礎クラスの子たちが明け方まで僕の部屋で騒いでいた時だ。あの頃は大学に入ったばかりでみんな浮かれていて、とても止められる雰囲気ではなかった。突然、壁が蹴《け》られ、怒鳴り声が響いた。友人たちがアパートの階段下に無秩序に停めていたチャリもことごとく蹴り倒されていた。まあ、現場は見ていないのでその男が蹴ったのかはわからないが、いかにも邪魔なものは全て蹴り飛ばしそうな容貌《ようぼう》の男なのだ。怖い。僕を含めた大学生なんて群れて騒ぐだけが能で、酔っていたって気が小さい。その後、うちで飲み会が開かれることはなくなった。正直、助かる。

藤森《ふじもり》だったら、猛然と蹴り返していただろうな、と思う。その前に、藤森が同級生と部屋飲みなんてするはずもないけれど。

隣は静まり返ったままだ。男はまだ寝ているのかもしれない。

ほっと息を吐いて、片足をそろそろと引き寄せる。何かを踏んだようだが、よく見えない。薄いガラスが割れたような感触だった。でも痛くはない。身を起こしてカーテンを引くと、足の裏からぱらぱらと何かが散った。ベランダから差し込む朝日にちかちかと光る。

青味がかった透明の破片だった。

「またか」

思わず声がもれる。ソファの下を覗き込むと、案の定、指の先ほどの透明な半球体がいくつか干涸《ひから》びたまま転がっていた。藤森の使い捨てコンタクトレンズだ。

ソファから垂れた毛布が頬をくすぐる。酸《す》っぱいような甘いような匂いがした。

このソファは藤森の寝床だ。今年の一月に転がり込んできてからずっと使っている。藤森はよく眠る。眠くなったら昼夜関係なくソファに転がる。着替えも化粧落としもお構いなしの藤森だが、寝ているうちに目は乾くらしく、無意識にコンタクトレンズを外しては床にぽいぽい投げ捨てる。それがソファの下に溜まるのだ。

掃除の度に注意するが直らない癖だ。そもそも藤森は家事はてんで駄目だし、女子としてはあり得ないほどにだらしがない。藤森といると僕は文句ばかり言わなくてはいけなくなるので、心底、気が滅入る。藤森のだらしなさが異常であり、僕が普通のはずなのに、僕が異様に神経質で口うるさい人間のように思えてくる。

ソファにもたれて大きな溜め息を天井に吐きだした。足裏を擦り合わせてコンタクトレンズの破片を床に散らす。また僕は黙って掃除をしておくのだろうな。

自分の部屋なのに懐かしい感じがした。考えてみると、このソファに座らなくなってもう半年が経つ。藤森から見た部屋はこう見えるのか。

目の前にはテレビとローテーブル、ドアのすぐ横にベッドと本棚、反対側にはＣＤラックとパソコン机。それらがぼんやりとした視界の中に見えた。狭くて、細長い部屋。

日差しはもう眩しかった。確かもうすぐ梅雨明けだとラジオで言っていた。今年は早いらしい。

目を閉じると、遠くから蟬の声が聞こえてくる気がした。

部屋の換気をして、ベッドの敷布団をベランダに干した。ソファの下のコンタクトレンズを集めていると、玄関の鍵があく音がして部屋のドアが開いた。片手にペットボトルを持った藤森が驚いた顔で立ち止まる。

僕は立ちあがるとパソコン机横のゴミ箱まで行って手をひらいた。手の平にかいてしまった汗にコンタクトレンズが貼りついてうまく落ちず、手を払う。

「あ、なんだ」

やっと藤森が声をだした。僕の後ろをぺたぺたと歩いていく。煮詰めたような濃い煙草臭が流れた。夜遊びのけだるい匂い。

「うずくまってるからびっくりした。オナニーでもしてんのかと思っちゃった」

相変わらず朝っぱらから平然とすごいことを言う。僕はパソコン机の上から眼鏡を取ってかけた。

「してないよ。ゴミ拾ってたの」

「別にしていても気にしないよ。生理現象じゃない」

藤森はベランダの前で仁王立ちになり、ペットボトルの水を喉を鳴らして飲む。白い首がのけぞる。短パンから伸びた長い脚、細いウエスト、片手に収まりそうな小さな顔、清涼飲料水のコマーシャルのようだ。違うのは、藤森はアイドルやモデルと違ってにっこり笑ったりしないところだ。いつも目を細め、心持ち顎を斜めにあげて僕の顔を見る。

「だから、してないって」

馬鹿にされた気がして思わず強い口調で言ってしまう。「あっそ」と、藤森はじゃらじゃらした腕輪を外してローテーブルの上にひろげはじめた。途端に言い返したことを後悔する。でも、僕は藤森と違ってそういう話題をオープンにはできない。したくない。

ポケットから携帯を取りだすと、藤森はソファにダイブした。どん、と壁がなってぎくりとする。毛布とクッションを抱きしめながら藤森が顔をあげた。

「千影さんとこ行ってた」

千影さんというのは藤森が慕っている年上の女の人で、毎週アイリッシュパブで演奏をしているらしい。週末になると、藤森は朝帰りが増える。そういう時はたいてい煙草の匂いをさせて部屋に戻ってくる。毎回、千影さんのところに泊めてもらっていると言うが、女性がそんなに煙草を吸うものだろうか。手の甲に根性焼きの痕をつけて帰ってきたこともある。

「そう」と、僕は簡略化された返事をする。「そう」の中には「別にわざわざ報告しなくてもいい」と「どこで夜を過ごしていようと興味がない」が含まれているのだが、言うと変に意識しているように思われそうなので黙っている。

クローゼットから着替えをだして洗面所に向かうと、藤森の声が追いかけてきた。

「なに？」

よく聞き取れなかったので聞き返す。

「どこ行くのって言ったの。こんな早くから」

「図書館。もうすぐ試験期間だし早めにいかないと席取れないから」

「変わんないね。せっかくいい大学に入れたんだから少しくらい弾けたりしないの？」

からかうような声。

「奨学金もらっているから成績は落とせない」

そう言うと、藤森はちょっと黙った。生活費を入れるとかまた言いだすのかと思い、身構えていると藤森は低い声でゆっくりと言った。

「偉いね、松本は。昔から」

僕を見上げる藤森と目が合う。大きな琥珀《こはく》の目。寝転がっているせいかいつもより吊り目に見える。僕もゆっくりと視線をひきはがす。

「別に偉くないよ」

逸らした目の先で何かが小さく光った。ゴミ箱に入りそこなったコンタクトレンズがひとつ転がっている。ふと、何かに似ている気がした。なんだろう。

その間に藤森はクッションと毛布を抱いたまま僕に背中を向けてしまった。タンクトップの隙間から赤い傷痕が覗いた。反射的に目を背けたが、前に見た藤森の背中が一瞬で蘇ってしまった。

「おやすみ」と小さな声が聞こえたけれど、返事はしなかった。

シャワーをあびている間中、ずっと藤森の背中が脳裏から離れなかった。


休日だけあって図書館はそれほど混んではいなかった。

国立大学らしい古く重厚な造りの館内は、ふんだんに差し込む日光でカーテンも書棚もいつもより色褪せて見えた。時折、どこかの窓から笑い声と芝生の匂いのする風が流れ込んでくる。空は雲ひとつない。あまりにも天気が良すぎてさすがにやる気がわいてこない。

僕は法学部だが、まだ二回生になったばかりなので、基礎法学という国内外の法の歴史や思想の授業が中心だ。だから今は比較的楽なのだが、後期からは現在の民法や刑法といった専門的な授業が増えていくので、今のうちに自分の進路をしっかりと見据えて、早いうちから司法試験に備えておいた方がいい。

とりあえず、今日は必修科目である語学の勉強を済ませてしまうことにした。

辞書特有の薄い紙をめくっていると、高校の時を思いだした。藤森に英語を教えていた。英語だけでなく、僕はほぼ全教科のノートをせっせとコピーしてあげていた。

とはいえ、僕と藤森がいた学校は幼稚舎から大学まで一貫教育の私立校だったので、よほどのことがなければ安穏としていても大学まで行けた。けれど、藤森は中学の時によほどのことをしでかしていたようだし、高校生になっても顔ぶれが変わらない息苦しい環境の中でほとんど不登校になってしまっていた。後に藤森の父親が学校の有力な出資者の一人だと知り、僕の杞憂《きゆう》だったと気付くのだが、当時の僕は孤立した藤森を何とか進級させようと必死だった。

英語だけは直接教えようとした理由は藤森の見た目だ。長い手足に彫りの深い顔、髪も目も眉毛も茶色。どこからどう見ても「ハーフ」という外見をしている。けれど、英語の成績はひどかった。好き好んでそう生まれついたわけでもないのに、女の子たちから「見かけ倒しハーフ」と陰口を叩かれているのが気の毒に思えた。

僕のお節介を藤森がどう思っていたのかは知らない。それでも試験前になるとしぶしぶと教科書をひらいていた。

ふいに後頭部を叩かれた。ぽこん、と間抜けな音が館内に響く。振り返ると、同じ軽音サークルの啓介《けいすけ》がにやにやしながら立っていた。手には丸めたスコアを持って、ギターケースを担《かつ》いでいる。予想通りなのでノーリアクションで目を逸らす。

「やっぱりここにいた」

「勉強中」

「見たらわかる。なあ、今なら部室あいてるぞ、練習しようぜ」

「ギター、家だから」

「琥珀ちゃんに持ってきてもらえばいいじゃん」

一層にやつきながら顔を覗き込んでくる。琥珀ちゃん。鳥肌がたちそうなその名前は啓介が藤森につけたあだ名だ。とはいえ、僕が知る藤森のあだ名の中では一番ましなものだ。

「琥珀ちゃん、まだいるんだろ？　久々に会いたいな～」

身体をくねらす啓介を思い切り無視して、辞書をめくる。「おい、聞いてる？」と啓介が隣の椅子をひき、僕の方を向いて大股開きで座る。

藤森は一度、僕の大学に来たことがある。今年の新歓祭典の時だった。もちろん遊びにきたわけではない。スペアキーを失《な》くして部屋に入れなくなり、仕方なく借りに来たのだ。

僕と啓介をはじめとする新二回生は、先輩たちが演奏するステージの脇で手作りの勧誘チラシを配っていた。構内には他にも特設ステージが作られ、サークルやゼミが運営する出店があちこちに並び、学生で溢《あふ》れ返っていた。藤森はその中でひときわ目立っていた。ただし、恐ろしく不機嫌そうだった。ひっきりなしに声をかけてくる体育系サークルの男たちを目で瞬殺しながら、まっすぐ僕の方へやってきた。

「ごめん、松本、これ捨ててもらえない？」

見ると、両手は勧誘チラシやプラスチック容器に入った食べ物でいっぱいだった。「誰がジャムの載ったわらび餅《もち》やカレーチヂミなんか食べるかっての。なんなの？ここの学生、できるのはお勉強だけなの？」と、一気に文句を噴出させる藤森に、みんながチラシ配りを忘れて目を奪われていた。ステージの裏にいた先輩たちまでこっちを見て、「うわ、すっげ美人」とか「どっかのモデルじゃねえ？」とか、ひそひそ言い合っている。

藤森は外見について言われるのを嫌う。それは容姿が優れていることを確信しているものの傲慢《ごうまん》さだと思うが、彼女は周りからそう思われていることに一生気付かない気がする。確かに藤森はずば抜けて美人だが、近寄りがたいオーラがびりびりでている。だから、寄ってくるのは自信過剰な男ばかりで、恋愛が続かない藤森はいつも一人だ。

だが、そんな空気をまったく読まないのが啓介だ。

「こんちわー一回生？　ねえねえ、音楽とか興味ない？　うちのサークルの見学に来ない？」と、無邪気にチラシを差しだした。藤森は憮然《ぶぜん》とした表情で間髪容《い》れずに返した。

「手、ふさがっているの見えない？」

僕は慌てて間に入った。

「藤森、いらないのこっち寄こして。あと、これ」

そっとジャケットのポケットに部屋の鍵を滑り込ませる。藤森は手に持っているものを全部渡してきた。受け取り損ねたチラシがばらばらと足元に散らばる。

啓介は「いらないならこれもらっていい？」と、唐揚げの入った紙カップを取った。藤森は「どうぞ」とぶっきらぼうに言うと、せっかく見えないように入れた鍵をポケットから取りだして「ありがと、松本」と目の前で振った。「帰ってくる時、電話して。寝ちゃうだろうし」と言いながらきびすを返す。背後のひそひそがざわめきに変わった。後にも先にもあんなに好奇の眼差しを向けられたことはない。視線って本当に刺さるものなんだな、とぐったりしながら思った。

啓介だけがあっけらかんと笑いながら僕の肩を叩いた。

「なんだ、お前、彼女いたんだ。どうりで付き合い悪いはずだよな」

その言葉でちらっと藤森が振り返った。大きな目で僕らを見て、「違うよ」と無表情で言った。

「居候」

そう言い残してすたすたと人ごみを掻き分けていった。腰の高さと尻の形が周りの女子たちと全然違う。

後ろ姿を眺めながら「本当に？」と啓介が言った。しぶしぶ頷く。

「本当にそれだけ？」

「そうだよ」と答えると、啓介は「そっか」と笑った。

「まあ、いろいろあるよな。なあなあ、それよりあの子、あれに似てる！　ほら、ジュラシック・パークの」

「は？　恐竜？　なんでだよ、確かにあの映画にでてきてもおかしくないくらい凶暴なとこはあるけど」

「違うって、なんだっけ、その恐竜を作るために虫から血取っただろ。その虫が入っていた宝石」

「琥珀……か？」

「そう、それ！　目がさ、そんな感じだった。すげえ迫力」

それから、啓介は藤森のことを「琥珀ちゃん」と呼ぶようになった。

啓介には独特の感性があって、たまに変わったことを言う。けれど、そう言われると藤森の目が段々と琥珀色に見えてきてしまうのが不思議だった。

「なあ、お前本当に何もないの？　いまだに？」

啓介が椅子をぎいぎい軋ませながら言う。人が少ないとはいえ、図書館は音が響くので止めて欲しい。

「ないって。そういう感じじゃないから。そもそも、あいつ女じゃないし」

「でもさ、逆にエロいよな」

「はあ?」

「一緒に住んで何にもないって、エロいって」

「なんでそうなるわけ?」

「だって特別ってことじゃん」

　僕は大げさに溜め息をついてみせた。どうしてエロと特別が結びつくんだ。そりゃあ僕だってエロい画像を見たりするし、お気に入りのAV女優だっているけど、そんなの特別からは程遠い。エロなんてただの排泄《はいせつ》行為じゃないか。百歩譲って藤森の身体に欲情はしても、藤森の精神はそういう対象ではない。

　それにしても、今日はやけに食い下がってくる。他の人に藤森についてしつこく探られるのはいいけど、啓介に疑われるのは何となく嫌だった。

「あのね、いろいろ事情があるんだよ。あいつ、家出中だから行く所なくてうちにいるんだ。それに、普通に考えて俺となんてつり合わないだろ。お前も知ってる通りあいつは性格だって可愛げがないし。絶対に無理。そのうち男つくって出て行くって」

「そっかなあ」と啓介は足をぶらぶらさせた。あんな対応をされても啓介は藤森に悪い印象を持っていない。やっぱり見た目がいいからか。

「でもさ、あの子正直じゃん」

僕の心を読んだように啓介が言った。

「嫌いな奴のところにずっといないでしょ」

「さあな」と僕は品詞分解に集中するふりをした。啓介がくしゃっと笑った。

「お前は素直じゃないよな」

「お前ね、さっきからうるさいよ」

「じゃあ、部室行こうぜ。ギターないならキーボード教えて」

僕は一応ピアノができる。できるけど、男と肩を並べて弾きたくはない。

「また今度」

「あーあ、せっかく練習できるチャンスなのに」

啓介はコピー曲ばっかりではなくてオリジナルの曲を作ろうと、今年に入ってからずっと言っている。啓介は明るくて積極的で、いつでも僕を引っ張っていってくれる。正直言ってサークル見学の時に啓介と仲良くならなかったらギターなんてやらなかったと思う。

けれど、遊びに時間を費やして何か意味があるのだろうか、と冷めた問いが時々浮かぶ僕は、いまいちバンド活動に打ち込めない。

「仕方ないな、今日は諦めるわ」

「そうしてくれ」

なんだかんだ言いながら啓介は僕が勉強をすることに関して悪口や嫌味を言わない。そんな友達は大学に入ってからはじめてできた。

啓介は立ちあがり伸びをすると、僕の肩をぽんと叩いた。

「コンパの日程はまたメールする」

「またすんの？」

「彼女いないんだからいいだろ」

横目でにやっと笑うと、啓介は大きな身体をゆらゆら揺らしながら図書館を出ていった。

啓介がいなくなると周りの温度がほんの少し下がったような気がした。

中学の終わり、父が九州に単身赴任になった。支部長という肩書きだったが、要するに左遷《させん》だった。もし次に不祥事を起こしたら首かもしれない、と母に言っているのを聞いた。今の私立は授業料が高すぎるから転校させなきゃいけないかもしれない。押し殺した父の声が怖かった。

僕は不安になり勉学にいそしんだ。がらが悪いと評判の地元の公立に行くのは恐ろしかった。背が低くてスポーツもできない僕を守ってくれるのは勉強だけだと思った。高校に進んでからは夜はコンビニでバイトをして金を貯《た》め、休み時間は勉強にあてた。ガリ勉と裏で馬鹿にされていたのは知っていた。それまで仲が良かった友達も、テストの上位者で僕の名前が貼りだされるようになると余所余所《よそよそ》しくなった。クラスで誰かが笑えば自分のことを笑っているように感じ、何も考えずのうのうと生きている奴らを憎んだ。自分で勝手に自分を追い詰めて、誰も信じられなくなっていった。

そんな時にバイト先で藤森に会った。正しく言うならはじめて口をきいた。

藤森はぼろぼろだった。眼帯をして、口の端が切れて赤くなっていた。そんな姿でも作りもののようにきれいだった。

藤森にはたくさんの噂があった。中学の時に年上の男と同棲していて暴力を受け警察沙汰《ざた》になったとか、援助交際をしているとか、自傷癖があって薬物もやっているとか、ひどいものばかりだった。藤森の身体につけられた傷の写真を誰かがネットで入手して校内掲示板に貼って問題になったとか、上級生の男を寝取って大喧嘩をしたとか、見た目の派手さもあって話題に事欠かない子だった。けれど、たまに学校に来ても藤森にはどこか爛《ただ》れた雰囲気が漂っていて声をかける同級生はいなかった。校則でバイトは禁止されていたから、僕は藤森に内緒にしてくれるよう頼んだ。緊張のあまり、まともに目が見られなかった。

「誰にも言わないよ」と、藤森はうるさそうに僕の言葉を遮った。

「誰もあたしになんて話しかけないから」

そう言うと、眼帯を持ちあげた。目の周りは暗い紫色に腫れあがっていた。それでも、まっすぐに僕を見つめる藤森はちっとも惨めではなかったし、自虐《じぎゃく》的にも見えなかった。むしろ誇らしげに僕に傷を見せつけると颯爽《さっそう》とコンビニを出て行った。

その後ろ姿を見て、燻っていた迷いと怒りが消し飛んだ。

ひとりでもいいじゃない。そう背中を押された気がした。

あの頃は藤森に憧れていた。確かに。

けれど、藤森が抱えていた傷はそんなものではなかった。

結局、父は首にはならなかった。僕は国立大学を受験して、奨学金をもらうことを条件に一人暮らしをはじめた。コンビニバイトで貯めた金は引っ越し費用にした。

暗くなるまで図書館に籠《こも》った。レポート用の本を二冊借り、バイトのない日だったのでまっすぐ部屋に帰った。

ドアを開けると、実家のような匂いがした。甘辛い醤油《しょうゆ》の匂いとご飯の炊ける湯気が狭い台所に充満している。

「おかえりー」と藤森がコンロの前で言った。少し前から藤森は積極的に料理をするようになった。千影さんに教えてもらっているらしい。

「今日は和食にしてみたよ。煮魚。なんか皮の赤い魚」

金目《きんめ》鯛《だい》だろうか、少々不安だ。部屋を覗くと、干していた敷布団は取り込まれていた。でもシーツはかけられていない。少しほっとする。

洗面所で手を洗うと二人分の箸をだして、ローテーブルに運んだ。藤森はもたもたとした手つきで皿に煮魚を盛っている。要領が悪いせいで一品しか作れないので、夕飯は煮魚とご飯だけだった。

はっきり言って煮魚は食べられたものじゃなかった。鱗《うろこ》だらけだったのだ。鱗を取ろうとすると皮まで剝《は》がれてしまうし、身には味がちっともしみてなかった。煮汁は煮た時に剝がれた鱗でじゃりじゃりで、喉が痛くなるくらい辛かった。

「鱗取らなかったの?」と聞くと、「鱗あるもんなの? だってつるつるしていたよ」と口を尖らせた。

「あるに決まってるじゃん」

「なんで」

「海には岩や珊瑚《さんご》があるんだから。鱗がなかったら傷だらけになるだろ」

「鰻《うなぎ》とかないじゃない」

「その代わりにぬめりがあるだろ。それに鰻は海の魚じゃない」

それでも、僕は口に刺さる鱗を吐き吐ききちんと平らげた。ご飯は卵かけご飯にした。ものすごくおいしく感じた。その間、ずっと藤森は黙ったままだった。良くない兆候だ。

「なんで松本はさ」

僕が箸を置くと、藤森は顔をあげた。「なんで」とか疑問を投げつけて来る時はまず文句がある時だ。

「なんでも黙って従うわけ？　まずいとか言えばいいじゃない」

「別にまずくない」

「まずいって。こんなの食べられない」

「それは藤森であって僕じゃない。確かにおいしくはないけど食べられるし」

「おいしくないならなんで文句とか言わないの。なんで全部あたしに合わせるの？」

「合わせてないって」

前もこんな風に言い争いになったことがあった。二カ月前のことだ。藤森が金髪の男を部屋に連れ込んでいたのだ。

男は僕を見ると、ちょっと小馬鹿にしたように笑って「あ、すいませんーお邪魔しましたー」と出て行った。その時、藤森はちょうどシャワーを浴びていた。水音に心臓がどくどくと鳴った。それを隠そうとして、浴室から出てきた藤森から顔を背けた。藤森はどうして怒らないのだ、と僕を責めた。

本当は嫌な気分だった。でも、僕に藤森の行動をあれこれ言う権利はない。藤森は僕の彼女じゃないから。なのに、なぜ怒らないのだと言われると情けない気持ちになった。その時、いきなり藤森が言ったのだ。「しようよ」と。

一瞬、頭が真っ白になって、それから身体が熱くなった。今度は正真正銘の怒りだった。

僕は藤森に下心があって部屋に住まわせてあげているわけじゃない。弱みにつけ込もうとしたように思われていた気がして不快だった。そんなことを言う藤森に対しても嫌悪《けんお》感《かん》がわいた。「売春してるらしいよ」と、昔、誰かが言っていた噂話を思いだした。藤森にしてみればセックスなんてたいしたことではないのだろう。でも、僕は藤森を衝動で殴ったり抱いたり傷つけたりするような男とは違う。同じだなんて思われたくない。だから、僕は藤森を拒んだ。

あれ以来、藤森がそんなことを言いだすことはなかったが、微妙にぎくしゃくとはしている。

藤森はまだ僕を睨みつけていた。茶色に澄んだ目に僕が映っている。これではまるで琥珀に閉じ込められた虫みたいだ。

突然、携帯が鳴った。僕らはびくりと飛びあがった。

「でれば？」と藤森が不機嫌そうな声で言う。「啓介だろうし、いい」と言うと、「あ、あのチャラい感じの人」と立ちあがる。

もっとチャラい感じの男を連れ込んだくせに、と思ったが黙っていた。

「出かけてくる」と藤森が小さな鞄を手に取った。

「うん」

「こんなの」

「え？」

「こんな思っていること言い合えない関係なんて友達でも何でもないじゃん」

僕に背中を向けたままそう呟くと、荒々しい足音をたてて玄関に向かっていく。叩きつけるようなドアの音が響いて後は静かになった。

携帯がまた鳴って、今度はメールが来た。やはり啓介からだった。コンパは花火大会に変更、とある。隣町にある河原で毎年、花火大会があるのだが、それに他大学の女の子たちと行こうという計画だろう。

大学に入ってから僕は背が伸びた。外見にも気をつかうようになった。眼鏡を変えて、お洒落もするようになって、髪も雑誌に載っていたヘアサロンで切ったりしてみた。高校の時の僕はただの「ガリ勉」で、僕のような人間が格好つけるなんて許されないと思っていた。そういう空気ができていた。でも、大学は違った。誰も僕を知らないから好きにすることができた。

その結果、僕はダサくなくなったと思う。同じ学部の子から告白されたこともある。けれど、自信は持てないままだ。コンパに行って大学名と学部を言うと、女の子たちの目の色が変わる。頭の良さは内面だ。外見でもてても自信が持てず、内面でもてても釈然としないのは一体どうしてなのだろう。僕は自分のどこを好いてもらえたら納得するのだろうか。

なんだか自分と世界の間にうっすら透明の膜があるように思えるのだ。みんなが見ているのは膜ごしの僕で、本当の姿とは微妙に違う。僕は今うまくやれているけれど、次はどうかわからない。努力を止めた途端に何もかも失う気がする。その時、自分に何か残るだろうかと考えるとただただ不安になる。僕が勉強をするようになっただけで、あっさり態度を変えた高校の同級生たちの姿をよく夢に見る。

藤森は強い。藤森を拒んだ時、僕は「友達だから」と逃げた。藤森は怒り狂って、身体に巻いていたバスタオルを僕に投げつけて目の前で着替えた。その時、背中を見てしまった。

背中には大きな傷痕があった。傷は文字のかたちをしていた。MとH。はっきりと読めた。誰かの悪意によって刻まれた文字。恐らくナイフで引き裂かれたその傷は背中一面を覆っていた。僕はたじろいだ。

藤森と僕では背負っているものが圧倒的に違う、と思った。その証拠を見せつけられた気がした。何も知らないくせに、受け止める覚悟もないくせに、友達だからなんて言ってしまった自分が恥ずかしかった。

藤森の琥珀の目に映る僕は、本当に虫のようにちっぽけな存在なのだろう。

あの傷痕はきっと一生消えない。

藤森の背中を見てから僕はずっと気圧《けお》されたままだ。

立ちあがり、皿と箸とお茶碗《ちゃわん》を流しに運んだ。濡れ布巾《ぶきん》を持ってテーブルに戻ると、白い机の上で何かが光った。目を細めて見ると、煮魚の鱗だった。思わず「あ」と呟いていた。コンタクトレンズが何かに似ていると思っていたが、鱗だった。小さい頃、よく父が釣りに連れていってくれて、一緒に魚をさばいたりした。包丁で削《そ》ぐように剝がすと鱗は飛び、よく台所の壁とかに貼りついていた。

魚には痛覚がないらしい。本当かどうかは知らない。はじめて釣りに行った日、口に針を刺されて釣りあげられる魚を見て、可哀そうと泣いた僕に父はそう言ったのだ。もしかしたら僕を慰めるために言った嘘かもしれない。けれど、魚に表情はないから確かめることはできない。

藤森が魚に思えた。

藤森はその晩、部屋に戻ってこなかった。次の日、僕は一日中バイトで夜遅くに帰った。まだ藤森はいなかった。ただ、昼間に一回戻ってきたのか、藤森のスーツケースがなくなっていた。ソファの上の毛布は前の日と同じかたちに丸まっていた。その次の日も姿を見なかった。

朝帰りはしょっちゅうだったが、三日も顔を見ないのははじめてのことだったので少し心配になった。変な事件に巻き込まれていないかと思ってネットニュースを検索してみたりもした。携帯にかけてみようかとも思ったが、一緒に住むようになってからは僕から連絡したことはなかったのでしにくかった。

僕も藤森も孤立した高校生活を過ごしていたので、僕らには共通の友達がいない。家がどこかも、家族のこともほとんど知らない。藤森がよく話していた千影さんが演奏しているアイリッシュパブに偶然を装って行こうかと思ったが、その店がどこかすら聞いていなかったことに気付いた。

藤森がいないと部屋が妙に広く感じた。隣から聞こえてくる女のあえぎ声がものすごく響いた。藤森もセックスする時にあんな声をだすのだろうか。まったく想像ができない。

一週間が過ぎた頃、夕方にアパートの外階段を登っているとすすり泣きが聞こえた。藤森かと思って足を速めると、廊下に女の人が立っていた。隣の部屋の前で拳を握りしめたまま肩を震わせている。

女の人はきちんと毛先を巻いて、淡いピンク色のスカートをはいていた。僕よりずいぶん年上に見えたが可愛らしい感じの人だった。隣の部屋に通っている女性はてっきり派手な水商売っぽい人かと思っていたので、驚いてまじまじと見つめてしまった。

女の人は涙でぐしゃぐしゃになった顔を拭うと、下を向いて早足で歩きだした。すれ違う時、肩が軽くぶつかった。女の人はちらりとも僕を見ないで、ヒールの音を響かせて階段を降りていく。柔らかそうな髪が肩で揺れていた。

どれくらい泣いていたのだろう。隣のドアの前のコンクリートにはぽつぽつと鼠色《ねずみいろ》の水玉模様ができていた。

今年の一月に藤森が転がり込んできた時のことを思いだした。バイト中に何件も着信があり、深夜のファミレスに呼びだされた。藤森は居候させてもらっていた中年男性のところを飛びだしてきたと言った。その男は飛び降り自殺をしたらしい。そんな素振りはなかったと淡々と繰り返した。唇は血の気を失っていた。まるで、その男性が藤森の生きる力を暗いところへ奪っていってしまったように見えた。そんな藤森の顔を見たのははじめてのことで、僕は衝動的に何かしてあげたいと思った。

それも独りよがりだったのだろうか。藤森は少し動揺していただけで、助けてもらいたいだなんて思ってなかったのかもしれない。あんな大人の女の人でも泣いたりするのに、藤森はどんな目にあっても決して泣かない。

きっと、藤森はもっと暗いものを一人でずっと抱えてきたからだ。

僕がしてあげられることなんて何もなかった。おこがましい。あの壮絶な背中が頭から離れない。他の同級生たちのように、いっそあの背中を「キモい」とか「ヤバい」とか言ってしまえたら楽だったのに。

部屋に入っても落ち着かなかった。隣も静まり返っている。テレビのサッカー中継をつけたが集中できなかった。誰もいないソファが気になる。

少し悩んでから啓介に電話をした。

突然、泊めてくれと言ったのに啓介は嫌な顔ひとつしなかった。大学の裏門近くにある定食屋で晩飯を食べて、カラオケボックスに行って少しギターの練習をした。くだらないことばかり言って笑っている啓介といると、ここのところ胸を曇らせていたものが少し払拭《ふっしょく》された気がした。

コンビニで発泡酒とスナック菓子とあたりめとチーズを買った。「宿代」と手渡すと、「お前って気遣いだよな」と笑われた。ゲームをしながらだらだらと夜更《よふ》かしをした。網戸から流れてくる風が心地良かった。

画面を見ながらふいに啓介が言った。

「そういえば、今日、琥珀ちゃんは？」

「さあ」

「さあって」

「最近いないんだ。もう出ていくんじゃないか」

しばらく間があいたが、「ふうん」とだけ返された。少し拍子抜けする。

突然、「あー目、疲れた！」と、啓介がコントローラーを放り投げた。途端に啓介の操っていた戦士が棒立ちになりモンスターに攻撃される。

「おい、いきなり止めるなって」

仕方がないのでリタイアした。画面が黒くなり文字が浮かぶ。啓介は冷蔵庫から新しい発泡酒をだして、僕に放った。

「ばか、投げるなって。泡立っちゃうだろ」

「ベランダにむけてあければ」

啓介はベッドに座り、ぐびぐびと素知らぬ顔で飲んでいる。僕は缶を床に置いて見つめた。表面に透明な水滴がぽつぽつと浮かびだす。

「なあ、魚に痛覚がないって本当かな？」

呟いていた。

「俺、魚じゃないからそこはわかんないな」

まあ、もっともな答えだ。僕は黙ってプルタブをあけた。白い泡が溢れだし慌てて口をつける。

「それって活《い》け造りが残酷とかそうじゃないとか、そういう話？」

僕は手でもういい、と制したが、啓介は続けた。

「痛みを感じない動物相手だったら何しても残酷じゃない、とかってさ何か違くねえ？　だって、そしたら脳死の患者は殴っても犯してもいいってことになるじゃん。感じないんだから」

いつも感覚で喋る啓介がいきなり語りだしたので吹きそうになった。しかも、内容がえらく過激だ。

「それは飛躍しすぎだろう……」

「そうかな。そういう論理って楽したいだけに思えるんだよな」

「楽？」

「だって、痛さって相手の感覚は関係なしに、見てるものが自分の身に置き換えて感じるものじゃないか？　痛くないから殴ってくれって言われて殴ったとしても、やっぱり後味悪いもんじゃん？　そういう自分の感情を見ないふりするのは楽しすぎだ。裏返せば、感情がないものには優しくしなくていいことになる。そういうもんじゃないだろ。自分が優しくしたいから優しくするんじゃないのか？」

「でも、それ自己満足になるだろ。相手が望んでないのに勝手にお節介焼いていい気分になっているなんて滑稽《こっけい》だ。独りよがりだよ」

「そうだよ、自己満足だよ、他人の想いなんてわからないんだから全部そうさ。でもさ、望まれなかったから何もしませんでしたってのは、痛覚ないって言うから殴りました、と同じだ。人のせいにしてる。それって結局、自分が傷つきたくないってだけだろ。そんなの嫌だな、俺は。いいんだよ、自己満足で、自分がしたいことすれば」

啓介が文学部の哲学科だったことをふっと思いだした。はじめて聞いた時は意外だと思った。彼は彼なりにいろいろ考えてきたのかもしれない。僕が冴《さ》えない中高生活を送っていたように。

「少なくとも」と、啓介は言った。「やった後悔とやらなかった後悔なら、やった方を俺はとりたいな」

僕が言葉を探していると、啓介はあたりめの袋に手を伸ばしながら満面の笑みを浮かべた。

「なあ、今俺かっこよくなかった？」

「おやすみ」と、僕は啓介のベッドから枕を奪って転がった。

朝、部屋に帰ると藤森がいた。ソファの上でテレビを見ながら「久しぶり」と、なんでもない顔をして片手をあげる。眠たかったので黙って頷いた。昨夜は啓介の鼾《いびき》でちっとも眠れなかった。

「家に帰ってた」

テレビを消しながら藤森が言った。

「え」

そう言われれば見たことのない服を着ている。レモンみたいに明るい黄色のワンピース。夏らしいけど、すごく上質そうな生地だった。いつも男の子のような格好をしているのに。

「松本の試験勉強の邪魔したらいけないかなと思って帰ってた。あと、後期から大学行こうかな、と思って。父親に調理師の学校行きたいから働いてお金貯めるって言ったら、大学だけは出ておきなさいって怒られたんだよね。はじめて怒られたかも」

なんだか嬉しそうに言う。普通の女の子みたいに見えた。

「じゃ、バイト行ってくるね」

立ちあがった藤森はいつの間にか僕より背が低くなっていた。いつ追い越したのだろう。

「仲直りしたんなら家帰った方がいいよ」

そう言うと、藤森はちょっと顎をあげて僕を見た。いつもの生意気そうな顔。

「松本はそうして欲しいの？」

「どっちでもいい」

何と言えばいいんだ。僕はまだ学生だ。このまま二人で暮らし続けられるわけがない。藤森はしばらく僕を見つめていたが、「わかった。今日バイト終わったら荷物取りに来る」と背を向けた。すぐに玄関に向かうと思ったが、そのままじっとしている。

「そういえば、松本が朝帰りってはじめてだね。ねえ、もしかして彼女できたの？」

返事ができなかった。藤森はくるりと振り返ると穏やかな声で言った。

「松本、もうチビでもないし、まあまあ格好良くなったし、そのうち可愛い彼女できると思ってたよ。優しいしね。今までありがと」

そんなわけない。藤森より可愛い女なんているわけがない。

でも、僕と藤森は違う。

「じゃね」と、軽い足音が遠ざかっていく。こんとヒールが鳴り、玄関が閉まった。階段の音に耳を澄ます。

静かになると、溜め息がひとつもれた。ベッドに腰掛ける。寝転ぶ。シャツのポケットからウォークマンが滑って床に落ちた。やれやれだ。

寝そべったままベッドの下に手を伸ばすと、視界の片隅で何かが光った。指先で摘まむとぱきりと乾いた音をたてて割れた。

コンタクトレンズ。どうしてこんなところに。

起きあがる。すぐ横で僕の枕が横向きのままひしゃげていた。いつも何かを抱いて寝るのが藤森の癖だ。

どうして藤森は僕のベッドで寝ていたのだろう。どうしてせっせと料理を作ったり、僕の試験期間を気にしたりしたのだろう。どうして、背中の傷をわざわざ見せたのだろう。

頭の中で何かが割れた音がした。まるで乾いたコンタクトレンズを踏み潰《つぶ》した時のような音。

魚は僕だった。藤森じゃない。傷つかないように身を守ってきたのは僕だ。

立ちあがってベランダに走った。道路の先にまっすぐ背筋を伸ばして歩いていく藤森が見えた。遠すぎて声が届かない。眩しい日差しに黄色いワンピースが弾けてしまいそうだ。電話をかける。

八コール目でやっとでた。

「なに?」

ぶっきらぼうな声。

「藤森、ハンバーグが食べたい」

「は？」

「今日の晩ご飯、ハンバーグがいい」

少したって笑い声が聞こえた。

「なにそれ、松本はもっと渋いものが好きだと思ってた。ガキ」

電話ごしのせいか、藤森の笑い声はとても幼かった。

そっちこそ。そう言うと、電話が切れた。慌てて顔をあげると、遠くの黄色い人影が手を振っていた。雲が青い空にもくもくと膨れあがっている。

今日、藤森が帰ってきたら笑おう、と思った。藤森の笑う顔が見たいから。

ねいろ

「千影さん」と呼ばれた瞬間、首筋にひやりとしたものが触れた。ほんの数秒だったと思う。得体の知れない物体はすぐに離れたが、異様に柔らかいその感触は背骨をつたい、鳥肌となって体中に広がっていった。

横を向くと、サキちゃんがカウンターにもたれて立っていた。「千影さん、ちっとも驚きませんね」と残念そうに言う。

いや、煙草を取り落としそうになるくらい驚いたんだけど。そう思いながらも黙って煙草を口に運んだ。感情があまり顔にでないのは今にはじまったことではない。けぶたい苦みを胸の奥まで吸い込んで、ゆっくりと吐きだすと、鳥肌が徐々におさまっていった。サキちゃんが隣のスツールに腰掛ける。ホットパンツから伸びた長いなめらかな脚、つんと上向きのお尻にくびれたウエスト、細い首の上に乗った彫りの深い小さな顔、洗いざらしの豊かな髪。人間というよりはしなやかな野生動物のような身体のまわりを、わたしの吐いた白い煙がもやもやと流れていく。

わたしはサキちゃんの反対側へ灰皿をそっと移動させた。マスターがやってきて、彼女の前にジンジャーエールのグラスとピーナッツの入った小皿を置く。サキちゃんは「二十歳になったって何回言ったら信じてくれるわけ？」と、うんざりした声をあげた。その二十歳の誕生日に、彼女はわたしの吸いさしを自分の手の甲に押しつけた。この美しい生き物は中身も野生動物そのものだ。爛れた火傷の痕は、今もすらりとした手に残っている。

サキちゃんがしぶしぶジンジャーエールのグラスを摑んだのを確認すると、マスターは他の客の注文を取りに行ってしまった。

首筋を指でなぞってみる。まだひんやりとした感触が残っている。さっき触れたものはなんだったのだろう。煙草をもみ消しながら考えていると、サキちゃんが透きとおった袋を差しだしてきた。ちゃぷんと水の揺れる音がした。

「はい、千影さん。お土産です」

今日も暑かったし、溶けた氷嚢《ひょうのう》だろうか。何気なくのばしかけた手が止まった。薄暗くてすぐにはわからなかったが、中で何かが揺らめいている。赤い。まるで、水に落とした血の塊のよう。

すーっとこめかみの辺りが冷たくなった。店内の喧騒が遠のく。

ゆらりと赤いものが身を翻《ひるがえ》して、やっとそれが金魚だと気付いた。

「千影さん？」

サキちゃんが怪《け》訝《げん》な表情を浮かべた。

「金魚、嫌いでした？」

「どうしたの、それ」

「さっきまで花火見に行ってて。そこに露店がたくさんでてたんですよ。あたし、はじめて金魚すくいしました」

それで、今夜は来るのが遅かったのか。

サキちゃんは毎週かかさず、このアイリッシュパブでやっているわたしたちの演奏を聴きに来てくれる。

「松本くんと？」

そう訊くと、サキちゃんはぷっくりしたピンク色の唇を尖らせながら、金魚の入ったビニール袋をたぷんたぷんと揺らした。松本くんというのは、サキちゃんが転がり込んでいる部屋の主だ。有名大学の学生で、サキちゃんとは高校のクラスメイトだったらしい。

「松本が下手くそだから、来るのが遅れちゃったんですよ。変に意地張って諦めないし。結局、何回やっても取れなくて、見かねたおっちゃんが一匹くれたんです。千影さん、まだ演奏しますよね」

ぶつぶつ言いながらも頬は心なしかゆるんでいる。なんだ、うまくいっているんじゃない。そう思ったが、へそ曲がりのサキちゃんは言っても否定するだけなので、

「うん、これ飲み終わったらね」とジンバックのグラスを持ちあげる。恋人ではないと言っていたが、ちょっとしたきっかけで、二人はきっと坂道を転がるように恋におちるのだろう。そういう齢《とし》だ。

サキちゃんは満足そうに笑った。タンクトップからむきだしの日焼けした肌から、夏祭りの甘くこうばしい匂いがするように思えた。

「そっか、今日は花火大会だったのか。地下だとまったくわからないな」

わたしたちの前にマスターが戻ってきた。

「馬鹿みたいに人だらけだった」

サキちゃんは肩をすくめながら言う。口調のわりに表情は明るい。

「サキちゃん、まだ家に帰ってないの？　こないだ帰ることに決めたって言ってなかった？」

サキちゃんの方を見ずに尋ねた。

「帰りますよ」

サキちゃんははっきりと言った。ピーナッツをひとつ口に放り込む。

「でも、夏休みが終わるまでは松本のとこにいます」

わたしの方を向き、「はい」と金魚の入った袋を押しつけると、スツールからひらりと降りた。トイレに向かう細い背中に、「金魚なんて飼えないよ」と言いかけて、やめる。家出中のサキちゃんこそ飼えるわけがない。下手に返して居候先で飼いはじめたりなんかしたら、ますます家に戻らなくなってしまうだろう。

金魚の入ったビニール袋を手の中で持て余しながら、「ああやってずるずる延ばしていくんじゃないかな」と呟くと、マスターがグラスを拭きながらわたしを見た。

「無理に言っても駄目だって。結局は自分で決めるしかないんだから。逃げたかったら逃げ続けたらいいさ。逃げられる場所も時間も限られてるってことには、とことん逃げてみなければ気付かないもんだ」

「でも、また家に帰りたくなくなって、お金のために変なバイトとかはじめたりしたら?」

「そのときはそのとき。下手に追い詰めて知らない場所に行かれる方が心配だろう」

「そうね」と、小さく呟く。

マスターは男だからわからないのだ。女には取り返しのつかないことだって起きる。サキちゃんの身体にはたくさんの傷があるけど、痕が残ったとしてもいつかは癒《い》える傷だ。けれど、見えないところに刻まれた傷や過《あやま》ちは、誰にも治せない。それらは膿み続け、人生を後悔という苦い味に染める。そんな風になって欲しくはない。

手の中の金魚袋が気になった。ぱしゃんと弾けてしまいそうで、木のカウンターに置くのもはばかられる。ぶよぶよ柔らかくて、なんだか胎盤みたいだ。そう思うと、かすかに吐き気が込みあげた。

「それ、預かっておこうか」とマスターが言った。

「ありがとう」

摑みどころのない袋が手から離れると、肩がすっと軽くなった。隣のスツールに置いたフィドルの木肌に手をそっとあてる。

マスターは細長いカウンターの中を一周すると、顎鬚をいじりながら軽く首を傾げ、酒棚に飾ってある巨大なモエ・エ・シャンドンの空瓶に金魚袋の持ち手をひっかけた。中で金魚が赤い身体をゆらりとひらめかせた。

夜道をロードバイクで駆ける。アスファルトはまだ昼間の暑さを残していて、空気はぬるく重い。ついつい夏の夜はスピードをあげてしまう。まとわりつく湿気を裂くようにして走る。

高いティン・ホイッスル、震えるギター、おおらかなバグパイプ、そして、フィドルの調べが耳の奥でまだ響いている。

真夜中の一時過ぎ、ひとりきりの夜道。小さくハミングする。

毎週演奏していても、たとえ客がほとんどいない日でも、ライブの高揚は頬のほてりとなって残る。誰かの軽いステップの音、リズム、音がうねり、暗い灯りの中で人々との距離が溶けていく。混じり合い、流れ込み、流れだす。代えがたい時間だ。少なくとも部屋に帰るまでくらいはふわふわとした気持ちでいられる。

信号機の前で停まった途端、ハンドルにかけていた金魚袋がじゃぼんと揺れた。ぎくっとして気分がまた澱む。

息を吐くと、マンションと反対の方向に曲がった。マスターに聞いた通りに進む。

五分ほど街路樹の植えられた車道を走ると、四角いコンクリートの建物が見えた。赤みがかったピンクのネオンで「ＯＰＥＮ」の文字が浮かんでいる。鉄製の大きな扉に、高い場所についた細長い窓。そこから青い光がもれている。一見、会員制のバーみたいに見える。

「すごい遅くまで開いている熱帯魚屋らしい」とは聞いていたが、本当に一時過ぎでもやっているとは思わなかった。ガードレールにロードバイクを立てかける。近隣の店はどこも静まり返っていた。バス停や地下鉄の駅の灯りも消えている。扉に近付くと、夜の湿気で溶けだした鉄錆の匂いがした。血を連想しかけて、目を閉じながら重い扉を押した。

鈍い機械の唸《うな》りとあぶくの弾ける音が溢れだした。かすかに生臭い、ぬるい空気に包まれる。

目をあけると、青い光の中だった。まるで水族館のようだ。店の中は薄暗いが、無数にある水槽の青い光が天井に映って、自分が水の中でゆらゆら揺れているような錯覚をおこしそうになる。

水槽の中には青々とした水草が生い茂り、色とりどりの熱帯魚が泳いでいた。長いひれや尾をたなびかせた魚もいれば、のっぺりとした平たい魚や群れている小さな魚もいる。けれど、どれも鮮やかな色や模様で彩《いろど》られていた。ひれと尾が長い、火焔《かえん》のように真っ赤な魚に目が止まる。小さめの水槽に一匹だけ入れられている。これは知っている、確か「闘魚」と呼ばれる熱帯魚だったはず。同じ赤い魚なのに、わたしの手の中にあるちっぽけな金魚とは風格がまるで違う。

水槽から顔をあげると、店の奥にいた若い男性と目があった。男性はレジ台の載った小型の机の向こうに立っている。店員だろう。その後ろは黒いカーテンで仕切られている。

スーツ姿の男性が一人、店員と向かい合うようにして机にもたれている。絶え間なく響く水音に消されて気付かなかったが、店員に顔を寄せて何か喋っているようだった。ずいぶん近い。

男性店員はわたしを見つめたまま、「いらっしゃいませ」と声をあげた。穏やかだったが、大きな声だった。

スーツ姿の男性が驚いたようにふり返った。

その瞬間、彼の手が素早く机から離れるのが目に入った。机には店員の手が置かれていた。

スーツ姿の男性は手をズボンのポケットに突っ込むと、「じゃあ、また」と足早に扉に向かった。わたしの持った金魚袋をちらりと見て、小さく鼻で笑いながら横を通り過ぎていく。清涼感のあるコロンの香りが流れた。

「こんばんは」

男性店員が机の向こうから出てきた。ボーダーTシャツに黒い細身のズボン。背は高かったが、男性にしては細すぎる首と色白の肌のせいでどことなく中性的な雰囲気だ。さっきのスーツ姿の男性もきれいな顔立ちをしていた。やはり手を握っていたのだろうか。

男性はゆらゆらと揺れるような足取りで歩いてくる。くせ毛の髪といい、柔らかな笑顔といい、水草みたいだ。

「こんばんは」と間近で顔を見上げて、どこかで見たことがある気がした。男性というよりは男の子という感じ。

少し迷ったが、金魚袋を差しだす。

「すみません、この子、引き取ってもらえませんか？　もらったんですけど、こんな時間だから他に開いているペットショップもなくて。お金払いますから」

男の子は大きな目をますます丸くして、まじまじと金魚を見つめた。まわりの水槽の魚たちに比べるとあまりに貧相だ。「やっぱりいいです」と言おうかと思った時、男の子が「え？　気に入らないの？」と呟いた。

「可愛いのに」とわたしを見つめる。

「どうせ死んじゃうでしょう」

男の子はちょっと笑った。

「真面目だね。生き物はいつかみんな死ぬよ。それまで可愛がってあげようとか思わないの？」

「わたしは生き物なんかうまく飼えないわ。可哀そうだもの」

そう言うと、男の子は「ふうん」と言いながらまわりの水槽を見渡した。

「でも、この子は出目金でもらんちゅうでもない小赤のワキンだからね。こういうとこに持ってきても、他の魚のエサにしかされないよ。どっちが可哀そうかなあ」

じっとわたしを見つめたままだ。青い光があたった頰は陶器のようになめらかだった。サキちゃんより少し上くらいか、わたしより明らかに年下なのにタメ口だ。わたしは小さくため息をついた。

「商売上手ね。わかったわ、水槽ちょうだい」

男の子は小学生のように笑った。「世話の仕方わかる？」と言いながら、店の奥に歩いていく。やはり揺れるように歩く。

「教えて」と言うと、丁寧に教えてくれた。金魚は消化器官が未発達だから環境を変えたら落ち着くまでは食べさせない方がいいとか、砂利を敷くとバクテリアが繁殖して金魚の糞などを分解してくれるとか。ただのバイトかと思っていたが、ずいぶんと魚好きなようで、他の種類の魚のことも交えながら詳しく話してくれた。エアーポンプつきの水槽は六十センチの大きなものにした。その方が掃除も少なくて済むようだし、どうせひとりきりの部屋は広い。

お金を払ってしまってから気がついた。今日はロードバイクで来ているから水槽を持って乗るのは不安だ。明日取りに来てもいいか尋ねると、男の子はにっこりと笑って「おれ、明日配達に行くよ」と言った。

「その子も置いて帰ったら？　日中暑いし。明日、一緒に持って行くよ」

「いいの？　明日は家に帰るのが八時くらいになっちゃうけど」

「いいよ、どうせ暇だから。じゃあ、住所と電話番号を教えて」

紙とペンを渡しながら男の子が壁の時計を見た。

「あ、もうこんな時間だ。おれ喋りすぎだね。ごめん」

「いいえ、こちらこそ。お店閉める時間、過ぎちゃってるよね」

「それは適当なんで。おれ、ここに居候させてもらってるから、眠くなったら閉める感じなの」

「ここに？」

「うん。ずっと魚見てられるし、すごくいいよ。ポンプの音がないともう寝れない気がする」と、無邪気に笑う。変わった子だな、と思いながら住所を書いていると、覗き込む気配がした。

「おれ、お姉さんのこと知ってるよ。パブでバイオリン弾いてるよね」

「フィドル」

「え？」

「わたしが弾くのはアイリッシュとか民族音楽だから、バイオリンじゃなくてフィドルと呼ぶの。迫害されたマイノリティの音楽なの」

「そっか」と男の子が呟いた。「だから、聴いていて居心地良かったんだ」

どこかで見たことがあるような気がしていたが、思いだした。わたしはけっこうお客さんの顔は覚えている方だ。春辺りによく来ていた子だった。いつも三十代後半くらいの男性と二人で来ていた。そういえば、さっきいたスーツの男性に似ている。

「そう。それは良かったわ」と名前を書いてペンを置いた。

「千影さんっていうんだ。かっこいいね。千の影かあ」

「違うみたい、千の光らしいわ。星の光のことを星影とか言うでしょ、影は光のことなんだって」

「へぇー」と素直に感心した声をあげる。

「でも、明るすぎるけどね、千の光なんて」

「自分の名前嫌いなの?」

わたしは少し首を傾げて笑う。男の子は名乗らなかった。

名前なんて皮肉なものだと思う。わたしの人生には千の光なんてない。それどころか、たったひとつの光でさえも守れなかった。千の影の方がずっとましだと思う。

サキちゃんだってそうだ。「先」という名前なのに、いつだって「今」しかない。先のことを見つめるのが恐ろしくて、今この時の確かな手ごたえが欲しいばかりに傷ばかり刻んでしまう、寂しがり屋な子。けれど、そんな彼女も少しずつだけど進みだしている。週に二日は泊りに来ていたのに、最近はパブに来ても終電で帰っていく。

ふいに男の子が「ねえねえ」と言った。

「こっち来てみて」とわたしの手を取り、水槽の並んだ通路をひっぱっていく。壁際にスチール製の棚があり、小さめの水槽がたくさん並んでいた。そのうちのひとつを指す。

「こっちは繁殖用水槽なんだ。この子、さっき発情期に入ったんだよね。見て、綺麗《きれい》でしょう」

控えめな照明にあてられて、楕円《だえん》の魚がきらきらと光りながら身体をひらめかせていた。一匹は赤みがかった茶にアイボリーの縦縞《たてじま》が入っている。もう一匹ははっとするほど眩《まばゆ》い赤と深緑の縞模様だった。

「チョコレートグラミーっていうんだ。生きものってたいてい雄の方が派手なんだけど、これは発情した雌が色鮮やかになるんだ。普段は名前の通りチョコレート色で、地味なんだよ。育てるのがけっこう難しい魚だから、ペアができて嬉しくて眠れなくなっちゃって」

男の子は可愛くてたまらないというように、つがいで泳ぐ小さな魚たちを見つめた。

「魚はいいね、発情してもこんなに綺麗だなんて」

そう言うと、「人間だって綺麗だよ」とふり返った。

「そうかしら」

「発情している時が一番綺麗だよ、魚も人も。あなたも好きな人とセックスする時はきっとすごく綺麗だと思う」

こんなにまっすぐに性的なことを言う人ははじめてだった。驚きを隠すために笑う。

「ゲイの人は性的なことを率直に口にするのね」

「性に奔放だって言いたいの？」

「そういう印象はあるわ」

「他の人は知らないけど、おれは感じたことを認めているだけだよ。もちろん人と少し違うところはあるから、自分の欲望には向き合ってきた方かもしれないけど」

男の子はさらりと言った。

「わたしは向き合ってないと？」

そう微笑むと、「まだ会ったばかりだからわからない」と笑い返してくる。

純粋にすごいな、と思った。なんて恐れのない子だろう。サキちゃんみたいに決して全力でぶつかっていくわけじゃない。けれど、ゆらゆら揺れながらも偽ることなく自分という存在が受け入れられる場所を見極めようとしている。わたしはとてもこんな風に世間に向かってはいけない。ぐんぐんと風を切るように自分を肯定して生きられない。

水槽のいくつかには半透明の卵が産みつけられていた。美しい魚たちはその卵をひれで抱いたり、見守るように上をぐるぐるまわったりしている。たくさんの命がガラスケースの中に詰まっている。そう思うと、呼吸が浅くなった。

背を向けると、「怒ったの？」と男の子が追ってきた。歩きながら首を横にふる。

「ううん。明日よろしくね、水草くん」

「水草くん？」

「名乗りたくないみたいだったから、あだ名をつけたの。嫌？」

扉の前でふり返ると、青く光る室内で水草くんが立っていた。柔らかな表情をしていた。

「おやすみなさい、千影さん」

重い扉を閉めると、ふっと水音が消えた。夜の街は暗く静かな闇に包まれていた。夢から覚めたような心持ちでロードバイクにまたがった。

倉庫のようにがらんとした自分の部屋に戻ると、もう三時をまわっていた。パソコンを起動させる。立川《たちかわ》さんからの連絡はない。もう日本に帰国しているはずなのに。いつ彼が訪れてもいいように冷蔵庫はいつもいっぱいだ。わたし一人だとほとんど食べる気にはならないというのに。

それでも、さすがに胃が空っぽだったので、鰹《かつお》と昆布でだしを取り、黒酢と醤油で味付けした澄まし汁を作った。ざっくりとすくった豆腐を入れ、片栗粉《かたくりこ》でとろみをつけ、すりおろした生姜をたっぷり入れる。スープボウルによそって、ふうふう吹きながら食べた。すぐに汗びっしょりになった。

寝る前はエアコンを切って、真夏でも温かいものを食べる。そうすると、よく眠れるのだ。

窓に近付き、夜気で身体を冷やす。濃紺の空には白い星が瞬いていた。鮮やかな青い光に満ちた熱帯魚店を思いだした途端、眠気がまとわりついてきた。水の中であぶくが弾ける音はなんだか安らいだ。頭の片隅がとろりと溶けていくようだった。

大きなベッドに横になる。静かに身体が沈んでいく。現地に行っている時はほとんどベッドで寝ることがない立川さんのために買ったフランス製のマットレス。なのに、彼がここで寝るのは三カ月に一回がいいところだ。

おやすみなさい。

水草くんの柔らかな声が聞こえた気がした。誰かにそう言ってもらうのは、ずいぶん久しぶりのことだった。

「トルコの方で地震があったみたいですよ」

入荷したばかりのインド綿のストールを検品していたら、休憩から帰ってきたバイトの女子大生が言った。

「千影さんの恋人さんって海外で災害医療をやっているんですよね。やっぱり何かあったら飛んでいくんですか？」

「所属している団体が派遣を決めたらね。チームで動くから勝手には行けないみたいよ。国の交友関係もあるみたいだし」

そう言ったものの胸がざわついた。立川さんはじっとしてはいられない人だ。休憩をもらうと、店を出て近くの公園に向かった。外は灼《や》けたアスファルトの匂いが強くして、日差しは痛いくらいに激しかった。

電話をかけると、三コール目で立川さんは出た。「はい」という声の後ろで、雑踏とアナウンスの音が響いている。

「地震があったって聞いたのだけど……」

「ああ、空港に向かっている」

「もう?」

「人命救助は災害発生から三日以内が勝負だって前言っただろう?」

「でも、帰ってきたばかりなのに」

しばらく返事がなかった。心臓が早鐘を打つ。呆れられただろうか。

「すぐ行けなくて悪かった。一般の人に向けた報告会があってどうしても出なきゃならなかったんだ。支援者や協力者を募るチャンスだったから」

「うん」

「すまない、もう電車に乗らなきゃならない。発《た》つ前に記者会見があるから」

「わかった」

そう言うしかない。ここで心配しても、連絡をくれなかったことを責めても、うんざりされるだけだ。危険な場所に飛び込んでいく人を嫌な気分にさせたくはない。

「帰国したら連絡する」

もう、いい。待っているのはもうしんどい。衝動的にそう叫びそうになるのを堪《こら》える。電車がホームに入ってくる騒音が聞こえて、電話は切れた。携帯電話を下ろす。手は汗ばんでいる。日差しで目がちかちかする。なのに、こめかみをつたった汗は冷たく感じた。

公園をのろのろと横切り、木陰のベンチに座った。

蟬が頭上でわんわん鳴いている。足元では大きな黒い蟻《あり》たちが一時もじっとせず動きまわっていた。ちょこまかと動く彼らを眺めていると、ばらばらの個体なのに寸分違《たが》わぬ動きをしているせいか、地面がじわじわ動いているように見えた。

この足元が揺れて裂けたとしても、彼はわたしを救いには来ない。もっと緊急性を要する人の元へ駆けつける。そして、一人でも多くの命を救うために働き続けるのだろう。

それを責める権利はわたしにはない。誰にだってない。

立川さんは国際的なＮＧＯ団体に所属している医師だ。災害救助が専門だが、支援を求めている人々がいれば世界中どこへだって赴く。先週まではソマリアの難民キャンプに行っていた。発展途上国に行っている間はほとんど連絡が取れない。帰国しても、寄付金を集めるための展示会や講演会などに参加するためにあちこち飛びまわっている。

五年前、わたしの働く雑貨屋でフェアトレード製品を扱うことになって知り合った。自分の時間は全て捧《ささ》げて精力的に活動をする彼に、オーナーをはじめとしたスタッフはみんな感動し、店のブログやフリーペーパーで彼の活動の紹介をした。彼の所属団体が運営している孤児院に寄付もするようになった。付き合いだしてすぐに、「結婚はできない」と言われた。「俺は自分だけの幸福を望むことはできないから、生活は変えられない」と。それでもよかった。人のために働いている彼を自分が支えていることが嬉しかった。「千影は落ち着いていて、とても理解がある。今までの人とは違う」そう言われる度に誇らしい気持ちになった。

あの日までは。

こんな暑い日だった。わたしはマンションの階段から足を滑らしてコンクリートに腰を叩きつけた。

激痛に意識が遠くなりかけた時、脚の間からなまあたたかい水が流れだすのを感じた。

「助けて」と、叫んだ。けれど、声はどんどん遠くなり、次に目が覚めた時、わたしの身体は空っぽになっていた。

立川さんには言えなかった。

妊娠を知った時、喜びよりも恐怖が勝った。立川さんに迷惑がられてしまう、と思った。彼にとっては救うべき患者が一番大切なものなのだ。そして、その患者を救うことのできる自分自身が二番目に大切。楽観的に見ても、わたしは決して三番より上にはなれない。わたしが風邪をひいていると、うつらないように泊らず帰ってしまうくらいだ。

わたしはどこかであの子が死んでしまうことを願っていたのかもしれない。だから、あんなことになったのではないだろうか。恐ろしい疑念と昏い後悔が払っても払っても離れない。

わたしの立川さんへの執着が、あの子を殺した。

煙草を咥えて火を点ける。苦くて、まずい。煙が目にしみる。けれど、この胸の苦さよりはずっとましだ。

頭を抱えていると、携帯電話のアラームが鳴った。休憩時間が終わろうとしていた。化粧ポーチをだして、鏡で顔を確認する。だいじょうぶだ、ひどい顔はしていない。立ちあがり、自動販売機でグレープフルーツジュースを買う。飲みながら店に戻った。バックヤードに荷物を置いてレジ裏に行くと、バイトの子がすぐに訊いてきた。

「恋人さん、どうでした？」

「うん、やっぱり行くみたい。これから記者会見だって」

「えーニュース見なくていいんですか？」

わたしは小さく首をふった。

「慣れてるから」

「うわー恋人さんもですけど、千影さんって本当にかっこいいですね。私だったら心配で大騒ぎしちゃいますよ」

眉毛を下げて一生懸命喋る姿を見て、可愛いなと思った。もう、羨ましいとも思わない。ただ、遠い。

少しだけ笑って、インド綿のストールにつける値段ラベルを作る作業をはじめた。

一度だけ、立川さんと喧嘩をしてしまったことがある。

いや、あれは喧嘩ですらない。立川さんは喧嘩という言葉を嫌う、彼流に言うならば意見の食い違い、だ。

わたしは彼の所属するNGO団体に入りたいと言った。その頃、わたしは珍しく情緒不安定気味だった。先のことを考えると不安で胸が潰れそうになり、ささいなことでも苛ついたり、泣いたりしていた。もう限界なのかもしれないと思った。彼のそばで通訳でも事務でも調整員でも肉体労働でも、なんでもすると懇願した。彼の役に立ちたかった。

日本を発ってしまえば入ってくる情報はほんのわずかで、現地の状況はおろか、どんな活動をしているのか、危険度はどれくらいなのか、いつ帰国するのかさえまったくわからない。いつもパソコンとテレビにはりついて、ひたすら待っている生活に疲れきってしまった。

そう言うと、心底がっかりした顔をされた。

「千影はそういう身勝手な人間じゃないと思っていたのに」

「身勝手」

「そうだよ。千影の不安な気持ちもわかるけれど、心配しすぎたからって死ぬことはないだろう。でも、世界には明日の生死さえ定かじゃない人がいっぱいいるんだよ。

そういう現実を知っていたらそんなことは言えないと思う」

その通りだ。その通り過ぎて何も言えない。

「それに、一緒に現地に行って何ができる？　よく何かしたいって気持ちだけで被災地に来るボランティアがいるけど、たいていは何もできず現実にショックを受けて帰っていくだけだよ」

顔から火がでるかと思った。確かにわたしには何もできない。それどころか、動機は不純だ。

「俺は千影みたいな生き方を否定しているわけではないよ。好きな仕事をしながら趣味で音楽をやって、自分の時間を大切にするのは、真っ当な生き方だと思うよ。けれど、俺の現実とは違う。それを理解して欲しい」

そう言うと、わたしの頬に触れた。

「それに、俺は別々の世界で生きて、それでもわかり合えるこの関係が大事だと思っている。千影にはそのままでいて欲しいな。さあ、髭を剃ってくれる？」

わたしは頷くと、浴室に行ってバスタブに湯をそそいだ。

泊りに来ると、必ず一緒にお風呂に入った。わたしに伸び放題になった髭を剃ってもらうのを楽しみにしているようだった。子どものようにわたしに身体をゆだねる彼は可愛らしかったが、その時は素直に喜べなかった。

　立川さんにとって、わたしは安らぐ場所に違いない。厳しい現実から逃れられる場所なのだろう。でも、非現実、それは虚構だ。遊園地や美しい夢と同じ。一時の快楽と幸福を与えはするけれど、現実には何も生みださない。わたしのフィドルの音色のように心地良い流れとなって消えてしまうもの。

　わたしには何も遺せないのだろうか。

　湯気をたてながら溜まっていく湯を見つめながら、そんなことを考えた。

　妊娠に気付いたのは、その一カ月後だった。


　予定より早く帰れたので、屋上に上った。

　この古いマンションは冬は隙間風で寒いし、エレベーターもついていないけど、石造りの階段の踊り場には丸窓がついていて、広い屋上があるのが気に入っている。屋上といっても五階建てなので、そんなに高くはない。両隣りのマンションからは見下ろされてしまうが、それでも空は見える。

　わたしは毎朝、屋上でフィドルの練習をする。夏は夕方にも弾く。弦の震えは街の喧騒や車の騒音に呑み込まれてしまうけれど、湿度の高い夏の夕暮れにフィドルを弾くと、ほんの少し音が遠くへのびていく。まるで電車の警笛のように。

この習慣はサキちゃんと知り合ってからはじまった。

サキちゃんは松本くんのアパートに転がり込むまではいろんな男性の家を転々としていた。ある時、居候先の中年男性が突然亡くなった。彼は会社の屋上から飛び降りたらしい。何の兆《きざ》しも前触れもなく、遺書すらなかったそうだ。怖かった、とサキちゃんは言った。それからサキちゃんはずっと松本くんのところにいる。

普通の子より壮絶な体験をしてきたサキちゃんだけど、死を身近に感じたのははじめてだったのだろう。でも、死はいつだってすぐ近くにある。被災地にいる立川さんのそばだけでなく、この何でもない日常に暮らすわたしたちのそばにも。

サキちゃんの話を聞いた晩は眠れなかった。夜明け前、わたしは屋上に上った。わたしには分かった。

青い空気の中に立っていると、死んだ男がすぐそばにいるような気がした。わたしにはわかった。その男がどれほどの孤独に蝕《むしば》まれていたか。彼はきっと全てを清算して、はじまりに身を落としたかったのだろう。

下を見て、ふらりと身体が揺れた。けれど、音が聴こえた。わたしは部屋に引き返すと、フィドルを摑んだ。屋上に戻り、弦を握りしめて弾いた。

都会の夜明けは美しかった。

あれから、ずっと続いている。

夕焼けを眺めながら三十分ほど弾いていると、車のクラクションが聞こえた。

手すりにもたれて下を見ると、白いバンが停まっていた。車の窓から水草くんが顔をだして手をふっている。

フィドルを持ったまま下に降りると、水草くんは砂利と五センチほど水の入った水槽を抱えてマンションの入口に立っていた。

「やっぱり弾いていたんだ。なんか聴こえた気がしたんだよね。部屋は三階だっけ？」

くせ毛の前髪を揺らしながら笑う。

「そう、ごめんねエレベーターないの。手伝おうか？」

「だいじょうぶ、こう見えても力はけっこうあるから」

そう言うと、すたすたと階段に向かっていく。今日は薄ピンクのTシャツにデニムだった。腰が細くて、脚がひょろひょろと長い。ゲイだと思うと、妙に艶《なま》めかしく見えてしまう。こういう見方はいけないなあ、と思いながら追い越して部屋のドアをあけた。

「座ってて」と言われたので、お言葉に甘えて窓際で煙草を吸った。

水草くんは何回か部屋と車を往復して、水槽を低い本棚の上に設置してくれた。ペットボトルの水を水槽に満たしてエアーポンプを動かすと、水草が揺らぎ、かすかな泡の音が部屋に響きだした。大きな水槽の中で、生い茂る水草をぬうようにして小さな赤い金魚が泳いでいた。

「たくさん水草入れてくれたんだね」

「うん、金魚が食べちゃうからね。それにやっぱり一匹だと寂しい感じだったから。もう二、三匹飼う？」

わたしは首をふった。

「一匹でいい」

「流木とか入れてみても雰囲気でるよ」

「ううん、これでいい」

水草くんがわたしを見た。微笑んでみせる。

水草くんは「これ、水を替える時にいれてね、カルキ抜きの錠剤。あと、これは餌《えさ》。でも、今日はあげないで」と言って、瓶を二つ水槽の横に置いた。そのまま、水槽で押しやられた小物のひとつを手に取った。ケニアの木彫りの像。立川さんが難民キャンプに行った時に買ってきてくれたもの。

「すごいね、いろんな国に行ってるんだね」

「わたしじゃないの。恋人が仕事で。災害が起きると飛んで行くから、ほとんど日本にいないわ」

「寂しくないの？」

「大事な仕事だもの、そんなこと言えないわ。まあ一緒にいても、ハイチの食糧自給率の低さとか、コンゴの武器庫が爆発したとか、不穏な話しかしないから、たまに会うくらいがちょうどいいの。それより、水草代と配達料払うわ。いくら？」

「いいよ」

「そういうわけにはいかないわ」

水草くんは子犬のように首を傾げてわたしを見た。

「じゃあ、夕飯おごって。お腹すいちゃった」

「仕事はいいの？」

「今日はもう終わり。今日は店はやってなくて配達だけの日だったから。ねえ、酒も飲みたいな」

「車はどうするの？」

「千影さんが泊めてくれれば問題なし」

無邪気な笑顔につられて笑ってしまう。サキちゃんといい、わたしは変わった子に懐《なつ》かれるようだ。

「いいわ。でも使いまわしたパセリが載っているような居酒屋に行くくらいなら、ここで飲みたい気分なんだけど。それでもいい？　食材もいっぱいあるし、わたし作るから」

「おれもそっちの方がいい。でも、おれ、いっぱい食べるよ」

わたしは部屋を横切って、冷蔵庫を開けた。

「どうぞお好きなだけ」

水草くんが作ってくれたカクテルを飲みながらわたしは料理を作った。彼は手際が良く、ジントニックがとても美味しかった。わたしは台所の流しにもたれながら、水草くんは食卓の椅子に斜めに腰かけて、いろいろな話をした。次々に作ってはゆっくりと食べた。

海老と鶏と春雨のタイ風サラダ、ザーサイをのせた中華風冷ややっこ、オクラのみぞれ和《あ》え、長芋の千切りに梅醤油と海苔《のり》をかけたもの、キャベツと胡瓜《きゅうり》と塩昆布の浅漬け、ゴーヤーチャンプルー、茄子味噌《なすみそ》炒め。買い込んだ食材を使ってしまいたくて、たくさん作った。好き勝手に作っていったのに、どれも美味しそうに食べてくれたので、締めにだし巻き卵と赤だしとご飯もだしたら、心底嬉しそうな顔をした。「炊きたての白ご飯食べるの、久しぶりかも」と言われて、わたしも久しぶりだと気付いた。

前はサキちゃんがよく泊りに来ていたので、よく一緒にご飯を作っていた。あの子は呆れるくらいに料理が下手だった。手に水をつけてからおにぎりを握ることも知らず、両手を米だらけにして途方に暮れた顔をしていた。

思いだし笑いをしてしまったようで、水草くんが不思議そうな顔をした。

あんまりお腹がいっぱいだったので、汚れた皿は流しに入れっぱなしにしてベッドに転がった。水草くんもやってきた。ベッドの端にちょこんと座って、遠慮がちに「おれも転がっていい？」と訊くので「いいよ」と笑った。

「うあー、このベッドすっごい気持ちいいー」と伸びをする。あの店で寝泊まりしているということはいつも寝袋かなんかで寝ているのだろうか。

「なにか音楽でもかける？」と訊いたが、首をふる気配が伝わってきた。

外は静かだ。もう一時をまわっているのだろう。少し黄ばんだ天井を見上げる。こぽこぽとエアーポンプの音がしている。自分の部屋じゃないみたい。でも、落ち着く。

「昨日、お店にいたスーツの人が恋人なの？」

　何気なく尋ねてみる。

「今は違うよ」と柔らかな声が返ってくる。

「おれね、本当はゲイじゃなくてバイなの。だから、名前が嫌いなんだ」

「どうして」

「なんか性別に縛られる気がして。おれはね、昔から誰かを好きになる時、その人が女だとか、男だとか気にならないんだ。けど、寄ってくる人ってたいてい、おれが男だから好きみたいなんだよね。それがたまに悲しくなる。もちろん、自分が変わっているのはわかっているよ。ねえ、知ってる？　熱帯魚ってね、相手や環境に応じて性転換できるものが多いんだ。『ファインディング・ニモ』のクマノミもそうだよ。おれも好きになる人に合わせて変われたらいいのにって思ったのが、魚に興味を持ったきっかけ。海の世界は多様性に富んでいて面白いよ。正解なんてなくて」

　水草くんはゆっくり喋った。わたしは起きあがって煙草に火を点けた。窓をあけるとむわりとした夏の夜の匂いが流れ込んできた。雨が降るのかもしれない。

「千影さんはどうして恋人のことが好きなの？」

「立派な人だから」

「えーなにそれ」と笑われる。「それって憧れなんじゃないの？」

「そうかもしれない。わたしなんかと違って人の役に立つ人だからね。どっかで彼の生き方にのっかかっているのかもしれないって最近思う」

さらりと言ったつもりだったのに、水草くんが身を起こした。しまった。

「千影さんだって、フィドルを弾いてるじゃん」

わたしは背中を向けて夜空を見上げた。今夜は星が見えない。

「でも、それもしがみついているだけな気がするな。わたしは何も遺せないから」

今さら取りつくろっても仕方ないと思い、正直に言うと、水草くんが声をあげた。

「そんなことないよ。おれ、千影さんのフィドルに感動したもの。昨日、近くで喋って思ったより小柄でびっくりしたんだ。けど、手はごつくてさ、かっこいいなあって思ったよ。真剣に楽器を弾いてる人の手だって思った。あなたの演奏を聴きに行っていた頃、おれ失恋したんだよ。その人、奥さんや子どもがいる人だった。おれのことは好きだけど、おれとじゃ何も遺せないって言われたよ」

激しい反応に驚く。ぐいっと手を掴まれた。一度も爪を伸ばしたことのない節くれだったわたしの手。こうして見ると男のものみたいだ。水草くんがわたしの手を見つめながら言った。

「すごいショックだった。悲しかったよ。でもさ、何か遺さなきゃ駄目なのかな。そうじゃなきゃ意味がない？　そんなわけない。想いのままに生きて、それで死んでいってもいいんじゃないか。あなたの演奏聴いてそう思ったんだよ」

「どうして」

「とても自然に弾いていたから。魚が水の中をすいすい泳いでいくみたいだった。すごく自由で綺麗に見えた。投げやりになりかけていた気持ちが音楽に流されていったよ。誰に理解されなくても好きに生きようって思えた」

違う。わたしはそんなんじゃない。

「でも、魚も子孫を残すために性転換しているんでしょう。きっと自由なんかじゃないわ。わたしも水草くんが思っているような人なんかじゃないわ」

水草くんがまっすぐにわたしを見た。この子はなんて素直な目をしているんだろう。

「わたしね、殺したことあるの、子ども」

思わず言ってしまったのは、水草くんの目の純粋さに耐えられなかったからかもしれない。

「ずっと恋人に嘘をついているの。二年前、お腹の赤ちゃんを殺したの、たった一度も祝福してあげることもなく。その時、彼は異国でもっとたくさんの命を救っていたわ。えらい違いよね。遣せたはずの命をわたしは壊した。そういう女なのよ」

今まで誰にも話したことはなかった。けれど、口にしてみると案外容易くこぼれ落ちていった。水草くんは柔らかな声で言った。

「どうして、恋人に話さないの？」

「今さら、もう話しても。話したところで戻ってくるわけでもないし。彼を煩《わずら》わせることになるだけだから」

「違うよ」

「え」

「嫌われたくないから言えないんでしょ。その人のこと、失いたくないから」

思わず手を引っ込めようとしたが、水草くんは離さなかった。

「逃げないで。千影さん、どうせ、とか、なんか、とか言って、どうして自分を卑下するの？　子どもは可哀そうだったけど、千影さんだって苦しんでいる。二人の子どもだったなら、二人で抱き合って慰めあえばいいじゃない。辛い時にそばにいて欲しかったでしょう」

首をふった。忙しいあの人にそんなことは望めない。過ちを犯したのは、わたしなのだから。

でも、水草くんの言うことは間違っていない。あの人に嫌われたくなかった。わたしさえ我慢して物わかりのいい顔をしていれば、ずっと彼の帰る場所でいられると思っていた。不満や寂しさを必死に見ないふりしていた。

「ねえ、千影さん。相手が何をしているかなんて関係ないよ。人を救うのは偉いことだけど、抱き合いたいって気持ちに大義名分はいらないよ。好きだったら自分だけを見て欲しいし、ずっと一緒にいたいと思うのは当たり前だよ。そのために悪いことをしてしまったとしても、それを望んでしまうのが人間でしょう」

「そうかな、わたしがそんなこと思ってもいいのかな」

ぽとりと手の甲に涙が落ちた。ふうっと息を吐くと、ぽたぽたと次々にこぼれた。ちゃんと話したかった。抱き合いたかった。こういうゆったりとしたなんでもない時間を過ごしたかった。そして、わたしだけを見て欲しかった。そんな気持ちを罪悪感で覆い隠していたのかもしれない。子どもだけじゃない、わたしは自分の想いをも殺していたのだ。

水草くんはゆっくりと頷いた。

「いいよ。だって、たとえ明日、世界が終わるとしても魚も人もきっと恋をするもの。惹かれた相手と一秒でも長く一緒にいたいと願うはずだよ。それは何かを遺したいからなんかじゃなくて、生き物として当たり前の想いだから。何も遺せなくたって気持ちに正直に生きろって、あなたの音楽が教えてくれたんだよ」

ソファに置いたフィドルを見つめる。

水草くんはじっとわたしを見つめている。この人には届いたのだ。わたしの奏《かな》でた音色はほんのわずかでも人の心を癒せた。そして、こうやって思いもかけないところから返ってきた。

また涙がつたった。あたたかい静かな涙だった。

「すこし酔ったみたい」

そう笑うと、「ねえ、千影さん」と水草くんも笑った。

「多分、この世は不安定で、何もかもが簡単に壊れてしまう。変わらないものなんかないし、何か遺せたとしても一瞬で消えてしまうかもしれない。それでも誰かを好きになって生きていくのはすごいことなんだって、おれは思うよ」

小さく頷いた。ありがとう、と思った。わたしの想いを赦《ゆる》してくれてありがとう。

「眠ろうかな」と呟いて、仰向けになって目を閉じた。

「うん、おやすみなさい」

柔らかな声が聞こえて、熱を持ったまぶたの上にひんやりとした手が置かれた。かすかにライムの青い香りがした。

こぽこぽと、あぶくの音が響いている。それは小さな小さな命の音楽に聴こえた。目が覚めたらまた弾こう。朝の光を浴びる前に誰かが昏い影に引きずられてしまわないように。誰かのささやかな毎日が続いていくように。

いつか、どこかに、この音楽が届けばいい。

解説

小池真理子

いつの頃からだったろうか。十五年前？二十年前？誰もそんなことを証明できないのだが、「恋愛」は徐々に、本来もっていたはずの性質を失い始めた。熱に浮かされ、愚直に突き進み、烈しく嫉妬《しっと》するくせに平静を装《よそお》う。わかったふりをする。あるいは毎日が非日常の繰り返しになる。やがて訪れる静けさ。悲しみ。深い虚無感。……「恋愛」はいつの世も変わらないものだった。

愛している者に振り向いてもらえなければ、世界を呪《のろ》いたくなる。許されない恋の果てに待ち受けているものを認めるのは地獄の苦しみである。古今東西、多くの作家はそうした「恋愛」の苦しみ、もどかしさ、喪失の悲哀と人生の不条理を書き綴《つづ》ってきた。

結果、無数のメロドラマが生まれた。その中のいくつかは通俗を超え、世界的文学作品として評価され、遺《のこ》された。

しかし、時が流れるにしたがって、恋愛が等しく生み出すはずの感情が見えにくくなってきた。人々は、かつてあったものと種類の異なる空虚感を抱えるようになったのだ。

現代人の空虚は奥が深い。深すぎるあまり、闇《やみ》にのまれて肝心のものがなかなか見えてこない。誰もが孤独を恐れつつ、孤独の安全地帯にもぐりこんでいこうとする。自分のまわりに石の壁を張りめぐらせている。人々はその石壁の中でだけ寛《くつろ》ぎ、それぞれの人生をひっそりと営む。他人の石壁の中もめったに覗《のぞ》きこまない。覗きこまれるのがいやだからである。

めったにぶつかり合わない微温的な淡い人間関係。相手に必要以上に踏み込まない、踏み込ませない。失いたくないと思うものに執着せずにいれば、失っても悲しまずにすむ、という考え方。自足と自棄が紙一重であるような生き方……。

恋愛は、ロマンティシズムからも遠く離れていきつつある。誰もが胸焦《こ》がし、感動するような、普遍的なものではなくなってきている。文学における永遠のテーマであったはずの恋愛が、ここにきて、およそ初めて、異なる地平に向かって動き出しているのは明らかだ。

今や誰も、現代を舞台にして『ボヴァリー夫人』や『アンナ・カレーニナ』は書けないし、書きたいとも思わないだろう。『風と共に去りぬ』も難しいだろう。壮大な長編でなくとも、佳品と呼ぶべき小さな作品の中ですら、かつてあった「恋愛」はなかなか書きづらくなっている。事実、多くの若い作家は現実の「恋愛」に焦点を絞ろうとさえしなくなっている。

さて、一九七九年生まれの千早茜は、そんな時代に思春期を送り、大人になった世代の作家である。そのため、本書『あとかた』に収められた六つの短編小説にも、一貫してある種の現代的な不全感がつきまとっている。男女が抱える心の痛み、孤独感、絶望感、生きることの虚《むな》しさ……「かたち」あるものを求め、「かたち」が成立しなければ人と人との関係も成立しない、と思いこんでしまいがちな現代人の姿が浮き彫りにされている。

その一方で、たとえば、目に見える痣《あざ》だったり、手形だったり、指にマジックで描かれただけの指輪だったり、生きる上で人が否応《いやおう》なく残してしまう何かのあとのようなものもまた、「かたち」として表現されている。

「かたち」は、現代を慎《つつ》ましく必死に、しかし、他の誰とも想《おも》いを共有しにくくなったまま生きている人々を象徴する。そのシンボリックなイメージを駆使して、作者は執拗《しつよう》に「かたち」の中に分け入ろうとする。さらに言えば、その「かたち」を解体しようと試みているようにも見受けられる。

「ほむら」では、結婚直前にもかかわらず、ある男と関係をもった若い女の心模様が描かれる。女は「日々、同じかたちを保つため」に結婚しようとしているのだが、「結婚したってかたちを留めることなんてできない」「留められないものを留めようとするから無理が生じる」と考える。そして、密《ひそ》かにかかわった別の男の中で、「かたちからゆるゆると滲《にじ》みだしてしまう」自分を発見する。

この短編集は連作の形式をとっており、いったん登場した人物が、別の作品の中で別の役割を担《にな》いながら現れる。

次の「てがた」を読むと、「ほむら」の男が何者であったのか、その後、どうなったのか、わかる仕掛けになっている。物語は前作とは一見、何の共通点もないように進んでいく。読み終えて初めて読者は納得する。

「てがた」は、会社のビルから飛び下り自殺をした男の、部下の視点で描かれる。彼には妻と幼い子供がいるが、妻の気持ちがどこにあるのか、よくわかっていない。死んだ上司は生前、飲み会の際、彼に「生々しいのは嫌だよね」と言ったことがあった。「生活って生々しいじゃない。けど、その実、何もないんだよねえ。所詮《しょせん》、子どもだって妻だって他人だよ」と。

その飲み会の帰り道、彼は上司が若い女と待ち合わせているのを目撃する。読者はその女が、「ほむら」の女であり、彼の上司として描かれた、自殺した男こそが、彼女の秘密の相手であったことを知らされる。

さらに次の「ゆびわ」は、「てがた」で上司の自殺を経験した男の妻の視点で綴られる。彼女は友達の店を手伝っている、という嘘《うそ》をつき、幼い子どもを母親に預けて、性行為だけでつながっている年下の男の部屋を訪ね続けている。やさしい愛撫《あいぶ》も愛のことばも何もない、かわいた、動物同士のような、後腐れのない、しかし、さびしい関係である。

それなのに、男に会いに行く時、彼女は結婚指輪を外す。男はある時、指輪が外された彼女の薬指に、遊び心で黒いマジックを使い、指輪を描く。

あとでそのことに気づいた彼女は、ふいに泣きだす。愛してもいない、性の渇きがなければ相手にもしなかったような男。しかし、彼女は男からの愛を求めている自分に気づいて、心底、愕然《がくぜん》とするのである。

このようにして、物語は続いていく。作者の眼は、現代を生きる都市生活者たちの日常を俯《ふ》瞰《かん》しているかのようだ。通して読み終えてみると、脳内に映し出されたスクリーンで、ある日ある時の人々の心の中をドキュメンタリー形式で眺めた後のような感慨に襲われる。作者のもつ優れた客観性が、現代を生きる人間を様々な角度から浮き彫りにしているからだろう。

そこには当然のことながら、かつてあった「恋愛」の烈《はげ》しさもロマンティシズムも影をひそめている。空虚の中を元気なふりをし、淡々と生きる人々の、不穏ですらある冷たいため息のようなものが感じられる。そして、それこそが作者を通して描かれた「現代」という時代なのだと思う。

恋愛において、人を烈しい行動に駆り立てるのはパステルカラーで描かれる恋心などではない。自身の中に迸《ほとばし》る情熱＝passion、理性をかなぐり捨てさせるほどの欲望がなくては、何も始まらない。

しかし、面白いことに、その passion という言葉は、本来、「受難」という意味を併せ持つ。キリストの受難、ということで使われるが、熱情の先にある受難……というような意味にも捉《とら》えられようか。

その意味で言えば、かつての「恋愛」は、情熱の後に受難がやって来る、ということを承知の上で生まれるものだった。受難があることがわかっていながら突き進むことの、どこか自虐《じぎゃく》的な快感、利口に生きられなくなることの歓《よろこ》び、その快感と歓びを共有できる相手と眺める非日常の世界、現実との軋轢《あつれき》、迷いと苦悩……それらは、多くの作家の創作意欲を刺激してきた。

ついでに言えば、「恋愛」を描いた作品においては、男性作家よりも女性作家のほうが圧倒的にすぐれたものを残していると思う。洋の東西を問わず、女性作家の力量はこの分野でこそ、追随を許さぬ形で発揮されてきたし、それは今もまったく変わっていない。言葉との戦い、自身との戦い、果ては時代との戦いに、女性作家はいつの世も果敢に挑戦し続けてきたし、その成果は後に続く世代に引き継がれていった。

おかしな言い方かもしれないが、それら女性作家が織りなしてきた、太く強靭《きょうじん》な「臍《へそ》の緒」のようなものに、今、千早茜がしっかりと連なったのは言うまでもないだろう。

ちなみに、本書『あとかた』は第二十回島清《しませ》恋愛文学賞を受賞している。私は選考委員の一人として選考会の席にいたが、やっと「現代の恋愛」を深く正しく描写することのできる、真に力ある作家が現れた、と思ったことを覚えている。


（平成二十七年十二月、作家）

この作品は平成二十五年六月新潮社より刊行された。

あとかた

新潮文庫　ち-8-1

平成二十八年二月一日発行
令和六年十二月十日五刷

著者　千《ち》早《はや》茜《あかね》

発行者　佐藤隆信

発行所　株式会社 新潮社

郵便番号　一六二―八七一一
東京都新宿区矢来町七一
電話　編集部(〇三)三二六六―五四四〇
　　　読者係(〇三)三二六六―五一一一
https://www.shinchosha.co.jp

価格はカバーに表示してあります。

乱丁・落丁本は、ご面倒ですが小社読者係宛ご送付ください。送料小社負担にてお取替えいたします。

印刷・錦明印刷株式会社　製本・株式会社植木製本所

ISBN978-4-10-120381-2 C0193